3《スリー》シェイク

秀 香穂里
KAORI SHU

イラスト
奈良千春
CHIHARU NARA

Lovers Label

CONTENTS

✦本作品の内容は全てフィクションです。
実在の人物、団体、事件などにはいっさい関係ありません。

「私に、幸村京《ゆきむらきょう》のマネージメントをしろとおっしゃるのですか」

言いながらふと振り向いた窓ガラスに、少し不機嫌そうでも端整《たんせい》な顔がうっすらと映り込んでいた。

聡明《そうめい》な印象を与える切れ長の目元とすっと通った鼻梁《びりょう》に、薄めのくちびるがよく似合う。けれど、三百六十五日、それこそ飽きるほどつき合う自分の顔に、たいした価値を持たない岡崎遼一《おかざきりょういち》は、もう一度確認するように目の前に座る社長の顔を見やり、ため息をついた。

「いまでも私がかなりの人数を抱えていることは、石原《いしはら》社長がいちばんよくご存じでしょう」

「わかってる。わかってるからこそ、岡崎くんに幸村を頼みたいんじゃないか。あいつの我儘《わがまま》ぶりときたら、うちのプロダクションの歴史上でもいちばんじゃないかと思うよ。だけど、見た目も才能も抜群だ。ただ、本人に……」

「売れる気がない、という話はそれとなく現マネージャーの野村《のむら》さんから聞いています」

淡々と答えながら膝《ひざ》に置いた手帳をめくれば、四月のスケジュールはほぼ休みなしだ。

一応、就業規則では週末の土日が休みということになっているが、流行《はや》り廃《すた》りが激しい芸能界において厳然たる「休み」などというものがあるはずがない。

岡崎も他のマネージャーと同様に、担当しているモデルやタレントたちについで仕事先を回るため、プライベートな時間はごくわずか。自宅に帰って寝る時間だけがやっとひとりになれるというほどの忙しさに見舞われているが、もともと、仕事に没頭《ぼっとう》する性格だと自認しているせいか、朝も夜もない生活はけっして嫌《いや》じゃなかった。

「そうなんだよ、売れる気がないってところが大問題なんだ。野村くんにもずいぶん頑張《がんば》ってもらったんだが、いまひとつ幸村のノリが悪くてね。その点、岡崎くんがマネージメントしているタレントはみんなすこぶる成長がいい。忙しいのは十分わかっているが、ここはひとつ、幸村のケツを叩《たた》いてでも大舞台に引きずり出してやってくれないか」

社長の石原みずから頭を下げられてしまえば、それ以上文句を言える雰囲気でもないだろう。肩をすくめ、岡崎は「わかりました」と仕方なしに頷《うなず》く。

「当面のあいだ、私が幸村を預かります」

「助かるよ。元モデルのきみなら売り込みのノウハウも熟知してるし、気むずかし屋の幸村とも話が合うんじゃないかな」

「そんなに簡単にいくとは思えませんがね」

単純な言葉に苦笑いしたくなるが、モデル時代から長いこと世話になっている社長の頼みでは無下《むげ》に断ることもできない。

多くのタレントを抱える中堅どころの芸能事務所「ロスタ・プロダクション」で、岡崎は二年前の二十六歳までモデルとしてさまざまな仕事をこなしてきた。

　高校生の頃にスカウトされたのがきっかけで、最初こそは興味が薄かった芸能界だが、いざ入ってみると想像以上に縦と横の人間関係が複雑に絡《から》み合い、誰もがナンバーワンを目指すことに取り憑《つ》かれている世界に魅入《みい》られてしまった。

　その時代、時代に名を刻む者は、見た目のよさだけで売れるのではない。話し方やちょっとした仕草だけでも人目を惹《ひ》き、ひとりの人間としてどれだけ深みがあるかをさりげなく証明してみせられるのは、それこそ天性の素質にかかっていると言ってもいい。

　岡崎は、おのれの容姿がある程度のラインから上にあることは自分でもわかっていた。だが、人気もそこ止まりだということもよくわかっていた。

　日本人の男性モデルが第一線で活躍できるのは、せいぜい二十代いっぱいが限界だ。なかには演技能力を磨いて俳優に転身する者もいるが、ごくまれなケースで、たいていは三十代に差し掛かる直前で自分のように裏方に回ったり、もしくは芸能界そのものから去り、まったく違う職に就《つ》く者も多い。

　マネージャーにしては目立つ容姿と洗練された仕草に、誰もが一度は岡崎にこう訊《たず》ねる。

『どうしてマネージャーなんかになったんだよ。モデルでも十分やっていけたはずなのに』

　うんざりするほど繰り返される問いかけに、岡崎は怒りもせずただ微笑んでいた。

　――モデルは使い捨てだ。俺の場合、見た目と若さだけで勝負する時間が二十六歳で終わったんだ。だから、裏に回ることを選んだだけだ。

潔《いさぎよ》く芸能界を去ってべつの仕事に就こうかとも考えたが、やはり長らく親しんだ業界からいきなり離れるのは少しばかり寂しい。

それに、自分で言うのもなんだが、売れる奴を見抜く目や、原石のような彼らを磨く才能に生まれつき恵まれていた気がする。モデル時代から、約束した時間に遅れることはなかったし、どんなちいさな仕事も真面目《まじめ》にこなしてきたおかげで、周囲の信頼も篤《あつ》い。

だから、岡崎が『モデルを辞めて、マネージャーに転身したい』と打ち明けたとき、社長も快くオーケーしてくれたのだ。

「どうする、幸村にはいつ会う?」

「今日、これから会います。引き継ぎについて、前任の野村さんは了承されてるんですよね?」

「ああ、じつは事前に私のほうから『岡崎くんに任せてみようか』と提案したんだよ」

「それじゃ、とっくに話は決まっていたということですか」

「すまん、頼むよ」

両手を合わせて拝《おが》むようにしてくる社長に、ふっとちいさくため息をついた。

「でしたら、早めに事を進めたほうがいいでしょう。幸村の個人データをもらえますか」

てきぱきと答え、幸村の自宅の住所や電話番号などを教えてもらったあと、早々に社長室を辞去して、自分専用にあてがわれたちいさなオフィスに戻り、幸村の携帯電話に連絡を入れてみた。

窓越しに、四月初めの暖かな夕陽に照らされた表参道が見える。二年前、ちょうど岡崎がマネージャーに転身すると決意したとき、このロスタ・プロダクションの業績も好調の波に乗っていた。そこで、より優《すぐ》れたタレントを抱えるプロダクションとしての自社イメージを強めるために、新宿のオフィスビルから一気に青山の一等地へと乗り換えたのだ。

マネージャーとして、最初から個人オフィスを与えられたのはおまえが初めてだと、いつか石原社長が笑いながら言っていたっけ。

ゆったりと足を組んで煙草を吸い、呼び出し音を六回数えたところで諦《あきら》めかけた直前に、『はい』と低い声が聞こえてきた。

「ロスタ・プロダクションの岡崎です。野村さんに変わって、今日から私がきみのマネージメントをすることになりました。いまから会えますか」

『……一時間後ぐらいなら』

「それでは、オフィスでお待ちしています」

用件だけさっさと告げてぶつりと電話を切り、新たに担当することになった男を待つあいだ、どうやって幸村を売り出そうかあれこれと考えてみた。

幸村は、一年前にスカウトされたばかりの新人だ。百八十七センチの引き締まった体軀《たいく》に、いまどきめずらしいぐらい野性味を帯びた鋭い目の精悍《せいかん》な相貌《そうぼう》をした若い男を、岡崎も何度かプロダクション内で見かけたことがあった。

——売れどころを間違えなければ、かならずブレイクする逸材だ。

すれ違いざまにそんなことを考えたこともあったが、彼のマナー違反が目立つという話は先輩格の野村マネージャーがよく愚痴《ぐち》っていたものだ。

約束した時間に遅刻するのは当たり前で、仕事先でも格上の相手にみずから挨拶《あいさつ》をしないらしい。そういった些細《ささい》なことが積もり積もって、顔がいくらよくても、いつの間にか仕事が入らなくなったタレントたちは掃《は》いて捨てるほどいる。

派手でにぎやかな面が目立つ芸能界の裏側では、初歩的な挨拶がきちんとできてこそ、やっと相手にしてもらえるという厳しい面もあるのだ。

幸村の今後がどうなるのか、これからは自分の腕にかかっている。

「どう売るかは、顔を見て決めるか」

最新の情報誌をぱらぱらとめくり、オフィスのドアがノックされたのは電話をかけてから一時間半を過ぎた頃だ。

「どうぞ」と声を上げると同時に、ドアが開いた。

「幸村です」

軽く頭を下げながら入ってくる男の圧倒的な存在感を目の当《ま》たりにし、岡崎は内心、息を呑《の》む思いだった。大学帰りらしい幸村はコットンシャツとジーンズというラフなスタイルで、それがよけいに彼独特の骨っぽさを際だたせている。

涼やかな目元だと褒《ほ》めそやされた自分とはまた違い、極上の鋭さを持った目尻と、がっしりした顎《あご》のラインに見惚《みと》れる女性はさぞかし多いだろうと思うが、単にある一時期だけもてるだけの男に育てようとは岡崎も思っていない。

「とりあえず、そこに座ってくれないか」

視線をはずさないまま、幸村は言われたとおりにデスク前に置かれたソファに腰掛ける。それから悠々と長い足を組み、「煙草、吸っていいですか」と言うので、岡崎は黙って頷いた。

シャツのポケットに入れていた煙草を取り出し、口の端にくわえる仕草。シルバーのライターで火を点《つ》けるのに続いて、深々と吸い込んで首を少し傾《かし》げ、ふうっと吐《は》き出す仕草のいちいちがなめらかで、自然体だ。

多くのタレントを売り出してきた野村が、この男にかぎってはうまく扱えないと嘆いた気分がわからないでもない。まだ荒削《あらけず》りなところもあるが、奔放《ほんぽう》な振る舞いが抜群にいい男なんて、そうそういるものではない。

——まるで、檻《おり》から解《と》き放《はな》たれたばかりの獣《けもの》みたいだ。彼ひとりが自分だけの空間を持っている。

威圧《いあつ》している、とも取れる態度には、他のタレントたちも声をかけづらいだろう。なにしろ、本人からして挨拶嫌いなのだからしょうがないのだが、目にあまる言動も今日までだ。

——俺が担当すると決めた以上は、過去の誰よりも売れる存在に押し上げてやる。

瞬時のうちに「幸村京」という商品を検分し、どこをどういじればもっと磨きがかかるかと頭の中で計算しながら、岡崎は彼の前にゆっくりと腰を下ろした。

「あんたが俺のマネージャーになるのか。野村さんは？」

「他のタレントを担当することになった。おまえはいつもそういう口のきき方をするのか？」

七つ上の自分を前にしてもまったく動じない男の乱暴な語調を咎《とが》めたが、幸村は薄笑いを浮かべているだけで、じろじろと眺め回してくる。

「ふぅん……岡崎さん、か……」

旨《うま》そうに煙草を吸う幸村の強い視線に「遠慮」という二文字はまるでなく、スーツの下、ワイシャツの下まで見透かされている気分だが、岡崎も怯《ひる》まなかった。

いまのままでも十分に魅力ある男だ。しかし、誰もがその名前を知るほどのレベルには至っていない。なにかひとつでもきっかけさえあれば、彼の中にある本物の力が弾《はじ》けそうだ。

「雑誌にモデルで出ているほかに、最近はテレビドラマの端役《はやく》もやっているそうだな。演技の世界に興味があるのか」

「べつに。野村さんが『出てみないか』って言ったから出てやっただけだよ」

幸村が長い指で二本めの煙草に火を点ける。

横柄《おうへい》な言葉遣いを徹底的に戒《いまし》めるのはあとにして、幸村の大きな手をじっと見つめた。節がはっきりと目立つ骨っぽい指が、強情な彼の気質そのままを表しているようだ。

パーツのひとつひとつが際だつ男を、テレビドラマの端役なんかにさせておくのはもったいない話だ。

「――映画に出てみる気はあるか？」

「は？」

唐突《とうとつ》な問いかけに、さしもの幸村も驚いたらしい。それもそうだろうと、岡崎は軽く口元をゆるめた。

マネージャーが変わるという事実もそこそこに、仕事の話を切り出す意識の切り替えの早さがあるからこそ、たった二年で多くのタレントたちを売り出せたのだ。

「おまえの場合、テレビドラマよりも映画のほうが向いている。家庭のテレビなんかより、劇場のスクリーンに主役として大きく映し出されるほうがずっと似合うはずだ」

「……そんなこと急に言ってもよ」

岡崎の断言を信じるべきか、疑うべきか迷っている幸村はしかめ面で、面倒そうな感じで短い髪をかき回す。

「都合よく俺を映画に出させてくれるところがあるのかよ」

「佐野雅仁《さのまさひと》という監督を知ってるか？」

「ああ、確か二、三年前にカンヌ映画祭で賞を獲《と》った奴だろ。……でもあいつ、シナリオもキャスティングも全部自分で決めるって話じゃねえか。そんな奴にどうやって取り入るんだよ」

「まずは一度、おまえを連れて挨拶に行く。佐野さんがカンヌで賞を獲って以来、三年ぶりの新作に取りかかるらしいと噂《うわさ》に聞いたんだ」

「もうとっくにキャスティングは決まってるって追い返されたら？」

「そこをどうにかするのが俺の仕事だ。いいか、幸村。俺がついた以上、絶対におまえを売れる男にする。そのためには時間も惜《お》しまないし、手段も選ばない。俺と野村さんのやり方は違う。念のために聞いておくが、俺についてくる気はあるか？　その気がないなら、いまここではっきり断ってくれ」

「嫌だ、って言ったらどうするんだよ」

「おまえをクビにするだけの話だ」

冷静に言い放つ岡崎に、煙草を灰皿にねじ潰《つぶ》す幸村の指がぴくりと止まった。

彼のように傲岸不遜《ごうがんふそん》な男を相手にする場合、最初から気をゆるめず、手綱《たづな》をぎっちり締めておくことが肝心だ。

どんなに魅力があったとしても、幸村は賞味期限のある『商品』だ。その期限をどれだけ引き延ばせるか、どれだけ旨味を出せるかは自分しだいだ。

幸村はまだ若い。だから、どういう仕事を受けるかによって、世間に対するイメージも変わってくる。いまはまだ雑誌モデルやテレビドラマの端役ぐらいだから、よくも悪くも、ほどほどの位置にいる若手というあたりだろう。

――俺も、結局はその枠を出られずに終わった。でも、こいつは違う。もっと磨きをかければ、誰もがこの存在感を認めるまでのレベルに行けるはずだ。

その前に、仕事における上下関係を最初にしっかり叩き込んでおかなければ。幸村は、おだてて伸びるタイプではない。褒めれば褒めたぶんだけ増長し、しまいにはこっちの指示をまるっきり無視する羽目になるはずだ。それでは、野村の二の舞になってしまう。

「やる気はあるのか?」

再確認するために、黒目がちの目をじっとのぞき込んだ。

漆黒《しっこく》の瞳の奥で、幸村はなにを考えているのだろう。

まばたきもしない彼の目に、凶暴《きょうぼう》性と静謐《せいひつ》が同居しているのを読み取り、――絶対に売れる、こいつなら大勢の予想を超えてどこまでものし上がれるはずだと思ったときだ。

「佐野の映画なんか興味ねえけど、あんたがやれって言うならやってもいい」

予想していたよりもあっさりと頷かれたことに、どうしても疑いを禁じ得ない。

「ほんとうに、やるんだな」

「ああ、ほんとうに」

そこで幸村がにやりと笑ったことで、岡崎もようやく納得した。

未知数の男の考えていることを見抜くのは、かなり難しいかもしれないと思いかけていたところだったたから、簡単な答えに拍子抜けしてしまった、というのが本音だ。

「わかった。だったら、今後俺もおまえの面倒を見てやる。すぐに佐野さんと会えるようセッティングする。大学の講義にはぶつからないようにするから、スケジュールを教えてくれ」

「月曜と水曜の午前中は講義が入ってるんで、ほとんどムリ。あと……」

室内に、幸村の低く艶《つや》やかな声が響く。大判の手帳をめくって幸村の予定を書き込む岡崎は、早くも彼が劇場のスクリーンに映し出され、観客を魅了している場面を思い描いていた。


映画監督の佐野に直接会う約束を取り付けるまで、二週間以上かかってしまったのは岡崎としても予想外だった。

彼は三年前のカンヌ映画祭に出品したフィルムで、「審査員特別グランプリ」を獲っている。当時、まだ三十歳という若さで最年少グランプリとなり、日本人監督としても快挙だと大ニュースになった。

幸村が言っていたように、佐野は自分でシナリオを書き、それに似合う俳優を厳選する。そのため、芸能プロダクション側から頼み込んで映画に出してもらうという方法はまったく通用せず、金にも女にも屈しない、特別なこだわりを持った人物だと業界内でまことしやかに噂されていた。

メディアにはほとんど顔を出さず、徹底した現場主義を貫いている。映画制作の発表会ぐらいはさすがに出席するが、プライベートはまるで謎だ。

それだけに、彼にコンタクトを取ることすら難しい。岡崎もツテにツテを辿《たど》り、方々に頭を下げてなんとか佐野と連絡を取り、平日の夕方から二時間だけ空けてもらうことができた。

『木曜の夕方五時からお会いすることになっている。佐野さんは時間に厳しい方だから、絶対に遅れるな』

幸村にも、前もって何度も念を押しておいた。そのたび、彼は薄笑いを浮かべていた。

『わかってるって。遅れなきゃいいんだろ、遅れなきゃ』

『当たり前だ。とにかく早めに来い』

自分でもしつこいと思うほど、繰り返し確認させた。

そうまでするのには、幸村を売り出したい一心からだ。新進気鋭の若手監督のもとで、幸村がどう変化するのか、この目で見届けたい。それに、自分自身、佐野の作品にはカンヌ以前から一目を置いていたのだ。

新進気鋭、と肩書きがついた監督の作品はある種マニアックな世界であることが多く、どんなストーリーか、一口で説明することが難しかったりするものだ。

だが、佐野作品は違う。

カンヌで喝采《かっさい》を浴びた『誰のせい?』という作品では、地上での争いが絶えない生活に疲れ果てた人間の一部が、安息を求めて地下世界を作る。静まり返った地下世界での暮らしにひとびとはつかの間の夢を見るが、いつしかその休息もつまらないものに思えてきて、些細な諍《いさか》いをきっかけに再び争いを巻き起こすという、ブラックジョークに満ちた内容はテンポよく、小気味のいいせりふもわかりやすくて、観客のあいだではつねに笑いが絶えなかったという。

この映画は日本でも公開され、それまでほとんど無名に等しかった主演の男性俳優が一躍注目を浴び、いまではCMやテレビドラマに引っ張りだこだ。

当然、佐野自身にもかなりの取材オファーがあったらしいが、映画専門誌のインタビューに答えるのみで、メディアへの露出は極端に少ない。

『語りたいことは映画の中で十分に語っている。今後がどうこうというのは、次回作を観てください。僕自身の言葉で語るべきではないと思っています』

それが、佐野の言い分だ。

あくまでも作ることだけに徹したいという佐野に近づくのは手強《てごわ》く、周囲のスタッフも彼が選びに選び抜いた者たちだけだと聞いている。

そういう相手だからこそ、岡崎もコンタクトを取るのに躍起《やっき》になった。〝マネージメント〟と言えば格好いいかもしれないが、結局はタレントの世話係だ。華やかな面にしか目がいかない者はたいてい途中で挫折《ざせつ》するほど、地味で煩雑《はんざつ》な作業が多く、ひたすら根気強くなければ務まらないと自分でも思う。

――だから、この仕事はおもしろいんだ。俺がどう動くかで、幸村の売れ方も変わっていくじゃないか。

実際に幸村がどんな発言をし、どういう行動を取るかまでは制限できないが、そもそも表舞台に立たせられるか、立たせられないかという基本的なところはマネージャーである自分の腕にかかっていると言ってもいい。

細い糸を懸命にたぐり寄せるように佐野に近づき、ようやく顔合わせとなったその日、岡崎はいつもどおり朝の八時に起き、十時には女性タレントの雑誌撮影につき合うため、都内のスタジオに車で向かった。

佐野に会うのは夕方の五時から。場所は、汐留《しおどめ》の高層ビル内にある彼のオフィスだ。

「ユカ、もしかして昨晩、遊びすぎたか。目の下に隈《くま》ができてるぞ」

「やだ、結構バレちゃうぐらいわかる？　だってさぁ、昨日はモデル仲間が遅くまで離してくれなくて」

岡崎がハンドルを握る隣で慌てて手鏡を取り出すユカは、二十代の女性モデルとして業界でも一、二を争う人気者だ。

二十四歳になる彼女は、濡れたような大きな目と厚めのくちびるが特徴的だ。だが、大の夜遊び好きという悪癖があり、たまに度を超して、今日のように目の下に隈をつくったり、顔全体がむくみ気味になったりすることがある。そのことを日頃から岡崎は隙なくチェックし、「自分の顔が売り物だということを忘れるな」と厳命し、つねにユカに緊張感を持たせるようにしたうえで、ヘアメイクも腕のいい者だけをつけるようにしてやっていた。

いままでは、女性ファッション誌の表紙を毎月飾るほどのレベルにまでのし上がったユカは、内々ではかなり気性が激しいたちで知られているが、岡崎の言うことならおとなしく聞く。冷静な指示に従うことで、もっと上に行けるとよくわかっているからだ。

「メイクの伊藤《いとう》さんに頼んでうまくカバーしてもらえ。それと、しばらくのあいだ夜遊びは禁止だ。このあとしばらく、多くの雑誌でおまえのグラビアが続くんだ。自制しないと最後に困るのはユカ自身だぞ。わかったな」

「はい、わかりました」

的確な説教が効いたらしく、ユカは先ほどとうって変わって真面目な顔で頷いている。いまは雑誌グラビアの仕事が中心だが、将来的にはテレビドラマの主役を張れるような女優になりたいというのが彼女の望みだ。

――たぶん、そこそこの線までは俺も押せるだろう。あとは本人のやる気しだいといったところか。夜遊び好きの癖《くせ》をどこまで抑えられるかが問題だが。

その点、幸村は、最初からスクリーンの中央に立たせてもおかしくないほどの強烈な個性に満ちあふれている。容姿も申し分なく、あえて手を入れなくても十分やっていける。

ただし、油断はできない。獣っぽい色気と若さを武器にしようと本人が自覚してくれれば問題ないのだが、どこまでこっちの指示を飲み込ませられるだろうか。担当についてから今日が初仕事というだけに、自分自身、幸村の性格が摑《つか》み切れていないのだ。

ユカの雑誌撮影は、午後三時を過ぎても終わらなかった。

「今回、いつにも増してユカさんの撮り数が多いんですよ。彼女のファッションページを増やしてほしいって、読者アンケートもすごくて。夏頃から、彼女の日常が見えるようなコラムもやってみませんか？　絶対にウケますよ」

「ありがとうございます。ユカがちゃんとした原稿が書けるかどうか心配ですが」

「そのへんは任せてくださいよ。文章面はうちのほうでちゃんとやりますから」

長いつき合いのある雑誌編集者に礼を告げ、次のメイクに入るユカを捕まえて、「俺は先に帰るが、大丈夫か」と囁《ささや》いた。

「このあと、俺は別件の仕事に回らなきゃいけない。ひとりで帰れるか？　もし、誰かに送ってもらうにしても、酒と煙草は当面禁止だからな」

「わかってます、大丈夫。でも、男遊びはいいの？」

どこか媚《こ》びたような目つきですり寄ってくるユカに誘われて、抵抗できない男は多いだろう。華奢《きゃしゃ》な身体《からだ》なのに豊かな胸をしていて、なんとも色っぽいが、岡崎にとってはあくまでも期限付きの商品でしかなく、欲情をそそられたことは一度もない。

「そういうスキャンダルで売るのは、もう少し先にしろ。売りどきのタイミングを読み違えたら一発でアウトだ。わかってるな」

「わかってます、岡崎マネージャー」

いたずらっぽく肩をすくめて笑うユカの頭を軽く小突き、岡崎は携帯電話を取り出しながらスタジオを出た。

「……もしもし、幸村か。もう大学は出たのか？　五時前には汐留に着けるか？」

うんざりするほどの念押しに、電話の向こうの声は、『たぶん』と返すだけだ。

「たぶん、じゃなくて。絶対に五時前には着いてろ。俺もいまから車で向かう」

『わかったよ』

ブツリと一方的に切れた電話に眉《まゆ》をひそめながらも、ともかく岡崎も汐留方面へと車を走らせた。

佐野のオフィスが入っているビルに着いたのは四時半。地下駐車場に車を停め、ビルのエントランスで幸村を待つ岡崎のしなやかな身体つきに目を留めるひとびとは多かったが、岡崎自身はそれどころではなかった。

四時四十五分を過ぎても、幸村は現れない。再び携帯電話に連絡を入れてみたが、繋《つな》がらなかった。

「なにやってんだ、あいつは……」

先に自分ひとりだけで佐野に挨拶しようかとも考えたが、ぎりぎり間に合うかもしれない。

苛立《いらだ》ちを消すために煙草が吸いたくてたまらなかったが、これから佐野に会うことを考えると手が止まる。佐野が喫煙者かそうでないか個人的なことは一切知らないのだが、万が一、大の煙草嫌いだったとしたら、煙くさい格好で会うのはまずい。

幸村からは一報もなく、ただ無為《むい》に時間が過ぎていき、とうとう五時を回ってしまった。

——このままじゃだめだ。佐野さんに電話をしなければ。

あんなにも『遅刻するな』と言ったのに。これじゃ先が思いやられるとはらわたが煮えくり返る思いで、佐野のオフィスに電話を入れようとしたときだった。

ガラスの回転扉の向こうに覚えのある男を見つけ、思わず、「なにやってるんだ！」と大声を張り上げてしまった。

周囲の驚く目に動じることなく、くわえ煙草の幸村が大股気味に歩いてくる。それが待ちきれず、岡崎のほうから駆け出していた。

「あれほど遅れるなと言っただろう！」

小声でなじりながら煙草を奪い取り、携帯灰皿に押し込んだ。それから、おもむろに彼の身体に鼻を近づけると、幸村は「なんだよ」と目を丸くする。

幸い、煙草の匂いはそれほどしなかった。これから売り込む商品の頭のてっぺんから爪先《つまさき》までざっとチェックし、問題ないと判断した直後、「行くぞ」と顎をしゃくってうながした。腕時計は、五時十分を指している。もう、一分だってぐずぐずしていられるか。

十分の遅れを許してもらえるかどうか。電話をかけるより、直接会って真摯《しんし》に詫《わ》びたほうがいいはずだ。

焦《じ》れる岡崎の胸の裡《うち》を見透かしたのか、エレベーターの中で幸村が唐突に笑い出した。

「遅れたって言っても、たかが十分だろ。なにそんなに苛々《いらいら》してんだよ」

その言葉を聞くなり、岡崎は自分よりも上背のある男の胸ぐらを掴んで壁に押しつけた。

「おまえ程度のレベルでそういう口をきくな。うんざりする。十分の遅れで佐野さんにお会いできなかったら、その場でおまえをクビにする」

凄味《すごみ》をきかせた手厳しい言葉に、さしもの幸村も口を閉ざした。

丁寧《ていねい》に磨けば、幸村は間違いなく売れる。これまで手がけてきたタレントの、誰よりも高みに上れるはずだ。そう見込んだ男を簡単に手放したくない。

だが、舐《な》められるのもお断りだ。幸村のように勝手気ままに振る舞う男を手懐《てなず》けるのは、気力が要るが、それに見合うだけの結果はかならず得られるはずだ。

「この仕事を続けていきたいなら、俺の言うことをちゃんと聞け。そうすれば、俺はおまえを誰よりも売れる男にしてやる。だが、好き勝手にしたいなら、いますぐ辞めろ」

「……わかったよ」

気迫に負けたのか。幸村が肩をすくめたので、岡崎も手を放して背を向け、ため息をついた。

——まるで猛獣使いになった気分だ。

初っぱなからうまくいくとは思っていなかったが、幸村に関してはなにもかも計算が狂ってしまう。

二十五階でエレベーターが停まった。足早に廊下を歩き、突き当たった奥にある扉の脇のチャイムを鳴らすと、『はい』と男の声がした。

「ロスタ・プロダクションの岡崎と申します。佐野先生に五時にお会いするお約束でしたが、遅れて大変申し訳ございません」

『いま、開けます』

そっけない返答は、佐野のマネージャーだろうか。カチリと響くちいさな音を合図に電子施錠されていた扉を開くと、だだっ広い円形のフロアのやや片隅から男がこちらに向かって歩いてくる。

高層階のオフィスだけに、窓からの眺めも見事なものだ。この高さだと、目に映るのは空ぐらいのものだ。ぐるりと丸いフロアに沿う形につくられた窓は、横に細長い。

床は明るい色調の木目で、壁は白くざらりとした印象だ。真ん中に鮮やかな黄色のソファが向かい合わせに置かれ、そこだけ円形のふわりとしたラグが敷かれていた。部屋の隅には細い螺旋《らせん》階段があり、上のフロアへと繋がっている。

色も、物の配置も完璧のひと言に尽きる。自作に強いこだわりを持つ監督にふさわしいオフィスだ。

——映画の一場面みたいだ、と頭の片隅で考える岡崎の前に、真っ白なシャツとプレスのきいたパンツを身につけた長身の男が立ち、にこりと笑う。

そのくちびるから漏《も》れ出た声は、ついさっきドアフォンで聞いたものと同じだ。

「お待ちしておりました。佐野雅仁です」

「お約束の時間に遅れて大変申し訳ありません、ロスタ・プロダクションの岡崎です」

まさか、いきなり本人が出てくるとは思わなかった。一瞬怯んだものの、すぐさま頭を下げ、

「うちの新人の幸村京です」とうしろに控える男を紹介するが、幸村はひと言も発さない。

「幸村、挨拶しなさい」

ちいさな声で叱《しか》るのが聞こえたのだろう。「いいよ、そんなに気にしないで」と佐野が笑い出し、身が縮まる思いだ。

そこで、ようやく幸村が首を少しだけ傾げた。それが彼流の挨拶らしい。礼儀がまるでなっていない犬みたいで、怒鳴《どな》りつけたい気分を必死に押さえ込んだ。

「幸村、京です」

「きみのことは雑誌やテレビドラマで拝見してるよ。とりあえず、おふたりともソファにどうぞ。いま、飲みものを出すよ。なにか苦手なものはあるかな？」

「いいえ、どうぞお気遣いなく」

横顔で笑いながらすたすたと歩き出す佐野は、想像以上に寛容な性格らしい。実際にこうして会う前は、作品の傾向からしてもっと気難しく、刺々《とげとげ》しい人物じゃないだろうかと勝手に思い描

いていたのだが、本物は、やや細身ながら引き締まった体軀にふさわしく、理知的な目をした男だ。

――彼自身が映画に出てもおかしくないぐらい、いい男じゃないか。

静かなフロアには、自分たち以外にいないらしい。ボリュームを絞ったクラシックが広い空間を優雅に満たすなか、岡崎は幸村とともにソファに腰掛けた。

三人ぶんのコーヒーを佐野みずからガラス製のローテーブルに置き、「砂糖とミルクが必要なら、どうぞ」と銀色の容器を差し出してくる。

「いただきます」

丁寧に礼を述べ、熱いコーヒーを一口飲むと、ささくれた気分がやっと鎮《しず》まるようだった。

「お忙しいところ、今回は無理をお願いして申し訳ありません」

「いや、僕のほうも幸村くんには興味を持っていたからね、ちょうどよかった。幸村くん、僕の映画を観たことはあるかな？」

「まあ、一応」

ふてぶてしい態度を崩さない男に、またも神経の一部がぴりっとささくれる。

――こいつ、わざとこんな態度を取ってるんじゃないだろうな。

誰を前にしても媚びへつらうことをしない幸村を内心恥じたが、案に相違して佐野はおもしろそうな顔をしている。

「一応でも、観てくれてるならよかったよ。僕に会いたいという人物のなかには、『佐野雅仁』という名前しか知らない者も結構いるからね」

軽く笑う男は柔和《にゅうわ》そうに見えて、やはり並々ならぬ強靱《きょうじん》な神経を持っていそうだ。

この男をどうにか口説《くど》き落とし、幸村を映画に出してもらうにはどうすればいいのか。

頭で考えるよりも早く、岡崎は口を開いていた。

「佐野さんがご自身でキャストをひとりずつ決められて、脚本を書かれることはよく存じております。いまちょうど、次回作の構想を練られているとか」

「まあ、ぼちぼちってところだね。カンヌで賞を獲った作品とは、また違う方向性のものを作りたいと思ってるんだ」

それを聞いて、岡崎は深く頭を下げた。

「――無理なお願いだとは十分承知しておりますが、もしよろしければ、うちの幸村にもチャンスを与えてやってくださいませんか」

「チャンス、ね……。幸村くん自身はどうなのかな。僕の映画にどうしても出たくて、ここに来たのかな？」

「べつに。そこまで入れ込んでねえよ」

「幸村、口を謹《つつし》め！」

あまりの暴言に眦《まなじり》をつり上げたと同時に、さも可笑《おか》しそうに佐野が声を上げて笑った。

「いいね、きみみたいな野蛮《やばん》さを持つ男に会うのも久しぶりだ。最近の奴らは、どいつもこいつも必要以上に僕に媚びてばかりだから。そういう点、幸村くんは新鮮だよ」

「ほんとうに申し訳ありません」

冷や汗でシャツの背中がぐっしょり濡《ぬ》れて、気持ちが悪い。マネージメント業に就いてこの二年、いまがもっとも緊張を強《し》いられているときじゃないだろうか。

佐野は煙草をくわえ、ゆったりと白い煙を吐き出す。この室内に入ったとき、煙草の匂いはまったくしなかった。性能のいい空気清浄機をどこかに取り付けているのだろう。

なにか辛辣《しんらつ》なものを感じさせる視線が、自分、幸村、そしてまた自分へと交互に移る。

無言の見定めは長く、しだいに落ち着かなくなってきた。

——俺のどこかが変だろうか。ネクタイが曲がってるとか、それともジャケットの襟《えり》がめくれているとか。

内心の動揺を押し隠し、「——あの」と岡崎が再度話を切り出すのを待っていたかのように、佐野が、「書いてやっても、いい」と言った。

「……ほんとう、でしょうか」

「ああ、幸村くんを主役にした脚本を書いてやってもいい。ただし、条件がひとつある」

「なんなりとおっしゃってください」

「映画を撮り終わるまで、きみを僕の好きなようにさせてくれること」

「……は？」

幸村と自分の声が重なった。

佐野の視線は、自分にある。

隣に座る売り物ではなく、裏方に徹する自分の衣服を一枚一枚剝《は》がしていくような執拗《しつよう》な視線に、少なからず怯《おび》えを感じてしまう。

「好きなようにって……岡崎さんをどうしようっていうんだよ」

剣呑《けんのん》とした幸村の声に、佐野の微笑みが一層深くなる。

「はっきり言わなきゃわからないかな？　岡崎くんが僕のセックスの相手を務めてくれれば、きみをスクリーンの中央に立たせてやってもいいと言ってるんだよ」

「ふざけんじゃねえぞ！」

激怒する男の横で、岡崎はただただ呆気《あっけ》に取られていた。

モデル時代の経験も含めて、これまで身体を求められたことは男女ともに数知れず。もとからそうしたことに興味がないせいか、情欲を煽《あお》られた覚えはほとんどなかったように思う。

それよりも、ここまで堂々とセックスを条件にしてくる相手というのも初めて見た。

「なにを、……おっしゃるんですか」

気がつけば、額の生え際がじっとりと汗ばんでいる。無意識にそれを拭《ぬぐ》い、佐野の様子を窺ったが、否定する気配はさらさらないようだ。

「冗談でこんなことを言うわけがないだろう。岡崎くんのように誇り高い自意識をひた隠しにしている男は、僕が犯したいと思う最適のタイプだ」

「バカなことばっかり言ってんじゃねえよ！　おい、帰るぜ」

がしゃんとカップを皿に叩きつけた幸村が、むりやり腕を引っ張ってくる。

佐野の思わぬ要求に、岡崎としても言い争う気になれなかった。

――これじゃ話にならない。べつの売り込み方を考えなければ。

さまざまな欲が渦巻《うずま》く芸能界で、身体を引き換えにして仕事をもらうというのはわりとよくあることだ。岡崎にしても、他のモデルがそうした方法でのし上がっていくのを間近で見た時期があった。

だが、自分は絶対にやらないと決めていた。生まれつき淡泊《たんぱく》にできているせいもあるだろうが、歪《ゆが》んだ快感に湿る肌と肌を重ね合う関係性が、どうしようもなく面倒に思えてしょうがないのだ。もちろん不能というのではなく、自分にも人並みの性欲はあるだろうとは思う。それでも、他人に無理強いされるぐらいなら、ひとりで簡単に事をすませたほうがいい。

「お邪魔いたしました。失礼いたします」

「また、会えることを楽しみにしてるよ」

慇懃無礼《いんぎんぶれい》な挨拶とともに肩越しに振り返ると、不敵な笑みを浮かべた佐野が手を振っていた。

「ちくしょう、あいつ、ふざけたことばっか言いやがって！」

佐野のオフィスを出ても幸村の怒りは治まらず、エレベーターに乗ってもドアを蹴《け》り飛ばし、静かに下りていくちいさな箱が揺れる。

「あいつの映画になんか出ねえからな！」

「そう怒鳴るな、うるさい」

盛大にため息をつきたいのを堪《こら》え、憤《いきどお》る男を叱った。ここで自分まで怒りをあらわにしてしまったら、マネージャー失格だ。

怒ったりわめいたりするのはタレントに任せ、自分はありとあらゆる感情を制御し、「幸村京」という商品を売り出す方法だけを考えればいい。それがマネージャーという仕事だ。表に出ないぶん、計算高く動き回らなければ。

「おい、絶対にあいつの言いなりになるんじゃねえぞ。約束しろ」

そこであらためて、幸村に腕を掴まれたままだったことに気づき、「放せ」と振りほどこうとしたとたん、怒りを剥き出しにした顔が危《あや》ういほどに近づく。

「約束しろよ。あいつとは二度と会うな」

「おまえに指示される筋合いじゃない。幸村、手を放せ」

「うるせえよ。——なんでこの俺が、いちいちあんたの言いつけに従ってると思ってんだよ？」

腕を摑む力がぎりっと強くなる。

「幸村……っ！」

後頭部をしたたかエレベーターの壁にぶつけるほどの勢いで抱きすくめられ、大きく目を瞠《みは》ったのと同時にくちびるをむさぼられた。

がつっと互いの歯があたり、唐突な行為に岡崎が驚いた隙《すき》に熱い舌が割り挿《い》ってきて、口内を犯していく。むりやり舌と舌を搦《から》めさせられ、ぐちゅ、ちゅくっ、と淫猥《いんわい》に粘《ねば》る音だけが鼓膜《こまく》に響いた。

「……ッ……」

凶暴なまでのくちづけが、急速に呼気を奪っていく。押しつけられた胸から、跳《は》ねる鼓動が伝わってくる。頭の中が真っ白になり、息苦しさが頂点に達した瞬間、全身の力を振り絞って幸村の逞《たくま》しい身体を押しのけた。

「……ばか野郎！　なにするんだ！」

「最初っから決めてたんだよ。あんたを見たときから、俺だけのものにするってな」

狭い箱の中で互いに忙《せわ》しなく肩で息した。

いま、一瞬でも目をそらしたら、またも飛びかかられそうだ。岡崎はくちびるを拳《こぶし》で拭い、目の前の男を真っ向から睨《にら》み据《す》えた。

やさしい音色が頭上で響きわたる。ようやく、エレベーターが一階に着いたのだ。

ついさっき、佐野にセックスの相手を求められて驚いたばかりなのに、年下の男までもが同じような欲望を抱いていたことを知って愕然《がくぜん》とするばかりだが、揺らぐ胸の裡を絶対に悟《さと》られてなるものか。

「——二度とこんなことをするな」

「さあな」

きつい声に、まったく堪《こた》えていない様子の男をどうすべきか。一足先にエレベーターを出て肩越しに睨んだが、あとからついてくる幸村の表情ときたらしたたかなものだ。

——ばかばかしい、なにが『俺だけのものにする』、だ。

まったく話にならない。こんな戯《ざ》れ言《ごと》につき合うほど、こっちは暇《ひま》じゃないのだ。

「おまえにそのせりふは百年早いんだよ」

言い捨てた岡崎は足早に歩き出した。


佐野への売り込みが失敗に終わり、早々に次の手を考えなければいけないと思っても、頭の片隅では、——佐野作品に出られれば、間違いなく幸村の能力を惜しみなく発揮できたはずなのにという悔《くや》しさがつきまとった。

しかし、佐野にしろ、幸村にしろ、そろいもそろって裏手の自分を求めるとはどういうことだろう。冗談だとしてもつまらない。いっそ、金を要求されたほうがまだ理解できるが、ふたりとも金銭面で困っているふうには見えない。

――だとしたら、やっぱり退屈しのぎってところだろうな。

モデルとして仕事していた現役時代ならともかく、裏方に回って早二年。蓄《たくわ》えてきた知識をフル稼働して仕事を進めていくならともかく、身体を売り渡す気などまったくない。

それこそ、そういう役目をひっそりと担《にな》うのはタレントのほうだ。

世間一般から見れば、人気タレントにつくマネージャーなんていうものは影に等しく、いてもいなくても問題はないのだろう。だが、一歩この世界に入れば、マネージャーの能力でどれだけタレントの売れ方が変わってくるかがよくわかる。清純派のタレントを大胆に脱がせたり、逆に生意気な印象のあるタレントをうまいこと泣かせるドラマに押し込んで目立たせたりと、『商品』のイメージを自在に操り、できるだけ長いことトップの座に居続けさせるのが、真の力を持ったマネージャーというものだ。

「どうするかな……」

佐野のオフィスを訪ねてから数日後の昼過ぎ、オフィスでひとり、岡崎は頭のうしろで両手を組んで天井を見上げていると、机上の電話が鳴り出した。

「ロスタ・プロダクションの岡崎です」

『もしもし、このあいだはわざわざ訪ねてきてくれてありがとう』

「——佐野、さん」

慌てて身体を起こした岡崎が見えているかのように、電話の向こうでくすくすと笑い声が上がる。

先日、彼のオフィスを訪ねた際、直通の電話番号を記した名刺を渡した。きっと、それを見て連絡してきたのだろうが、あんな形で仕事の話が終わってしまったいま、なんの用があるというのか。

ひとつ咳払《せきばら》いすることで気を落ち着け、あらためて切り出してみた。

「今日はどのようなご用件でお電話いただいたのでしょうか」

『きみ、このあいだうちのオフィスに忘れ物をしていっただろう。それを渡したいと思ってね』

「忘れ物……？」

身に覚えのないことを言われ、当惑してしまう。

あの日はいつもどおりのスーツ姿で、鞄《かばん》は持っていたが、名刺以外、なにも出さなかったはずだ。

昔から、毎日、出かけるときと帰宅したときに持ち物をチェックするようにしているから、大事なものをどこかに置き忘れてくるという失態を犯したことがない。

なのに、佐野は、『処分に困ってるんだけどね、これ』と言うので、ますますわけがわからなくなってきた。

「失礼ですが、私はなにを置き忘れたのでしょうか」

『知りたいなら、いまから僕のオフィスにきてごらん。そうそう、それと幸村くんの仕事の件の話もしたいしね』

「それはこのあいだ……」

性的な関係を条件にされたせいでご破算になったはずじゃないのか、という言葉を飲み込む岡崎に、佐野は楽しげに笑い、『それじゃ、待ってるよ』と一方的に電話を切ってしまった。

「なにを忘れたっていうんだ……」

とまどいながらも、ここは佐野の言うことに従うしかない。結果はどうあれ、先に面会を申し出たのはこちら側なのだ。あの日、佐野のオフィスで交わされた言葉を絶対に外部に漏らすなと幸村にも厳しく命じておいたが、表向きだけでも礼儀を保たなければ、プロダクションにも迷惑がかかってしまう。

ともかく、ぐずぐずしていられない。すぐに車で佐野のオフィスへと向かった。

つい数日前に訪れたときは、新しいチャンスをどう生かそうかと神経を張りめぐらせていたものだが、今日は少し不安だ。

――なにも忘れていないはずなのに。それに、幸村の仕事の件だってうやむやのうちに消滅していたんじゃないのか？

眉をひそめながら高速エレベーター内の壁によりかかり、次々に変わる階数をぼんやりと見つめた。

「お忙しいところお邪魔して申し訳ありません。ロスタ・プロダクションの岡崎です」

このあいだと同じように、インターフォン越しに挨拶すると、すぐに扉が開いた。今日も佐野みずから出迎えてくれ、「どうぞ」と気さくな感じで室内へと誘ってくれる。

落ち着かない気分を抑え、岡崎はソファに腰を下ろした。室内の様子は数日前と変わっておらず、ひとの気配もない。

天井に埋《う》め込まれたスピーカーから流れる静かなクラシックに聴き惚れるでもなく、ぴしりと背を正した岡崎に、佐野はどこかおもしろそうな顔をしながらコーヒーを淹《い》れてくれた。

「どうぞ、あの――お構いなく」

腰を浮かしかけた岡崎を制し、佐野が「砂糖かミルクは？」と訊ねてきたので、しばし考えてから、「……では、砂糖を少しだけください」と言った。糖分を摂《と》れば、張りつめた神経がいくらかだけでもやわらぐかもしれない。

白い壁と黄色のソファ、そして円形のフロアに沿ってぐるりと横長に採《と》られた窓から見える青空といい、空中に浮かぶ楼閣《ろうかく》は映画のセットのようだ。

静謐な空間が見事な調和を取っている点からも、佐野の強いこだわりが窺《うかが》えようというものだ。

妙なたとえかもしれないが、ここにいると、自分がまるで映画の登場人物のように思えてくる。

映画監督にもさまざまなタイプがいる。おおざっぱに分けた場合、周囲の環境がどれだけ雑然としていてもまったく頓着《とんちゃく》しないタイプ。そして、身の回りに置く物、身につける物ひとつひとつを吟味《ぎんみ》し、少しの不調和でもあれば許さないという突き詰めるタイプ。

佐野はまさしく後者にあたるタイプで、独自の美学に沿って人間関係を築き、映画を撮るのだろう。

目の覚めるような深みのある美しい青のシャツを着た佐野が、湯気の立つカップを片手に正面に腰を下ろす。

「先に仕事の話をしようか。——幸村くんを主役に据えて脚本を書くという話、あれを実現化したい。ほんとうのことを言うと、僕としても幸村くんにはちょっと前から目をつけていたんだ。いまどき、あれだけ芯《しん》の強さが滲《にじ》み出る男もそういないだろう。この業界に入ってまだ間もなくて、変にすれていないところも気に入ってる。演技力にしても、ドラマの端役にしておくのはもったいないぐらいだよ」

「……ありがとうございます」

まだ疑《うたぐ》りたい気分が残っているが、佐野の真面目な口ぶりを聞くかぎり、どうやら仕事の話については本気のようだ。

「僕としては、幸村くんのように骨太い男をぜひともスクリーンの真ん中に立たせたいと思ってる。彼の線の強さを生かすにはどういう設定がいいか半年ほど前から練っていたんだが……、ようやく最近固まりつつあるんだ。どんな話か、聞きたいかな?」

「ぜひとも、お聞かせください」

ここまで来たら、身を乗り出すだけだ。めったに表に出ない佐野本人から、直接、新しい作品内容を聞かせてもらえるというだけでも好奇心がそそられる。

「舞台は現代。大学生の〝キョウ〟は平凡な家庭に育ち、毎日同じような繰り返しにうんざりしている。そんなある日、サラリーマンである父親が仕事に出かけたきり、家に帰ってこない。最初は『出張か』と考えるんだが、二日経っても三日経っても父親が帰ってこないことをおかしく思い、『父さんはどうしたんだ』と母親に聞くんだ。すると、母親はさも不思議そうな顔で『父さん、ってなに?』と答えるんだ」

穏やかに微笑む佐野の話に、岡崎はコトヒーを飲むことも忘れて、いつの間にか引きずり込まれていた。

幸村を主役に考えたというだけあって、彼の名前をそのまま使うあたり、現実の幸村と佐野独自の世界に生まれた〝キョウ〟が微妙に重なってはぶれる。

いつまで経っても帰ってこない父に、母親も姉も一向に変化を示さない。

『どうして父さんは帰ってこないんだよ。どうしてふたりとも、変に思わないんだよ』

『さっきからうるさく何度も聞いてるけど、〝父さん〟ってなんなのよ? なにか大事なものなの?

あ、母さん、あたしもうお腹《なか》いっぱいだから』

『じゃ、お茶でも淹れましょうか』

和《なご》やかな夕食後の会話に、キョウは慄然《りつぜん》とする。数日前まで、確かに父親はこの場にいたはずだ。しかし、父親の存在を示す物はひとつも残っておらず、そんなひとは最初からいなかったという態度を取るふたりに薄い恐怖感のようなものを覚えた翌朝、今度は母親がいなくなっていた。

「しんと静まり返る食卓で、キョウは姉が作ってくれた朝食に手がつけられない。父親に続いて母親までいなくなったのに、姉は顔色ひとつ変えずに、『なによ、あたしの作ったごはん、まずい？』と不満そうな顔をするので、仕方なく食べるが、味なんかわからないんだ。会社勤めの姉と一緒にキョウは家を出て、大学へ向かう。どうして父親と母親はいなくなったんだろう。みんなして俺を騙《だま》しているんじゃないか、そうかもしれない、みんなで俺を驚かそうとしているだけなんだ――そう祈りながら、夕方、家に帰ったキョウの視界に、空っぽの玄関が映るんだ」

自分の靴だけが乱雑に隅に脱ぎ捨てられた玄関。

今朝まで、姉がいたのに。昨日まで母親がいたのに。ちょっと前までは四人家族、平凡ながらも楽しく暮らしていたはずなのに、もう誰もいない。

「焦《あせ》ったキョウは、近所のひとに『うちの家族がどこに行ったか、知りませんか』と訊ね回るんだ。だけど、みんな笑顔で、『さあ？　家族ってなに？』と首を横に振るんだ。その日を境に、キョウの知っていたひとびとがどんどん消えていく。大学の友人も、教授たちも、近所のおばさんやおじさん、コンビニの店員まで消えてしまう。なのに、残った人間は誰ひとり、そのことに驚きもしないいんだ。キョウはどんどん追い込まれていく。見知ったひとびとが次々に消えていく原因はなんなのか、突きとめようと街のあちこちを歩き回る」

もう、帰る場所もない。生まれ育った家があるにはあるけれど、自分がそこにいたことを証明してくれるひとが消えてしまったのだ。

自分がおかしくなってしまったのか。それとも、世界のほうがおかしくなってしまったのか。キョウと目を合わせるひとはみな、にこりと笑いかけてくれるが、こっちが声をかけようとした次の瞬間には、もういなくなっている。

「……ひとり取り残されていく恐怖感を、キョウは必死に堪えるんだ。『俺は悪い夢を見てるんじゃないか。大勢で俺を騙そうとしているんじゃないか——そうだこれは夢だ、明日にはきっといつもどおりの平凡な日々が始まるはずだ、これは夢なんだ、俺はまぼろしを見てるだけなんだ』、そう呟《つぶや》きながら眠りに引きずり込まれるんだが、次の日には再び、ひとびとがいなくなっていく。もうテレビのスイッチを入れてもなにも映らないし、電車やバス、車も停まったままだ。まるで、ついさっきまでそこにひとがいたかのような温《ぬく》もりを残してね。空は青いままだけど、鳥もいない。さまざまな音もだんだんとなくなっていく。そこでようやく、これは嘘じゃない、現実なんだと実感したキョウは母校の大学に戻り、親しかった准教授の部屋に入るんだ。人類の始まりについて地道な研究を重ねていた准教授もとっくに消えていて、彼個人が記した膨大《ぼうだい》な書類もなくなっている。だが、机の抽斗《ひきだし》の隙間からちいさなメモがはみ出していることに気づく」

　ちいさなメモには、『選ばれた世界へ、もうひとり』と書かれている。筆跡は准教授のもののような気がするが、キョウ自身、すでに記憶が曖昧《あいまい》で断定できない。

「そのメモを持って、キョウは大学の校舎の屋上に上がる。高い校舎から見える街はまるで人気《ひとけ》がなくて、どこのビルからも家からも物音ひとつ聞こえてこない。そこでキョウはもう一度、メモを見る。――自分が、選ばれた人間なんだろうか？　誰に？　どうして俺が？　ずば抜けた才能を持っているわけじゃない、平凡な人間でしかないのに、どうして俺だけが生き残ってるんだろう？　でも、風は吹いている。空は青くて、雲は白い。ただ、人間だけがいない。猫や犬といった動物たちもいなくなっている。人間と共存した生き物は自分をのぞいて、すべて消失したんだとキョウは悟るんだ」

　真っ青な空の下で、メモを握り締め、ひとりぽつんと立ち尽くす幸村の姿が岡崎にも見えるようだった。風が彼のシャツの裾《すそ》をあおるところが、はっきりと目に浮かぶ。それから、彼の抱える絶望感と孤独感も痛いほどに思い描けた。

「校舎から飛び降りれば、この悪い夢のような現実も終わる。そうと知っていながら、キョウは眼下に広がる殺伐《さつばつ》とした景色から目が離せないんだ。――もし、俺が選ばれた人間なら、片割れのもうひとりがどこかにいるはずだ。メモには、『選ばれた世界へ、もうひとり』と書いてあった。――この不可思議な現象を、どうすれば納得できるだろう？　自分が特別な人間じゃないことぐらいキョウはわかっているが、『選ばれて』しまった。もしかしたら、神さまというのがほんとうにいたとして——彼らがこのくだらない世界に飽きてしまって、キョウと誰かもうひとりを残して、次の世界を始めようと考えていたとしたら？　新しい世界の鍵を開けるのが自分に課せられた使命だとしたら？　——そう考えたキョウは、大声で笑い出すんだ」

ばかばかしいにもほどがある。気が狂ってる。吼《ほ》えるように笑いながら、キョウは涙を流す。誰も慰《なぐさ》めてくれない、それこそ、もうこの世界には自分ともうひとりしかいないのだとわかってしまったいま、笑いながら泣くしかない。

「……だけど、そのもうひとりも、たったいま自分と同じようにどこかで笑い、泣いていたとしたら？　いま見ている景色が本物なのかどうかと疑いながら死ぬぐらいなら、最後のひとりに会いたい。切実に願いながら、キョウは再び街をさまようんだ」

行ける場所なら、どこにでも行く。自分と同じように、この世界に残されたたったひとりを求めて。

自分の正気と存在意義を懸《か》けて、どこにいるとも知れぬ誰かを捜す旅はあまりに孤独で、つらい。

「そうして、最後にたどり着いたのは寂《さび》れた遊園地だ。大勢のひとびとが、ここで楽しい時間を過ごしたのはついこのあいだのはずだったのに、もう誰もいない。人間に必要とされなくなって役目を終えたおもちゃたちは急速に老朽化し、いまにも崩れそうだ。その日は朝から深い霧が立ち込めていて、自分の周囲さえよく見えない。……キョウが遊園地のゲートをくぐると、それを待っていたかのように、遠くからかすかな音が聞こえてくるんだ。なんだろう？　なんの音だろう？　しだいに、白い靄《もや》の向こうで、錆《さ》びついた大きな観覧車がゆっくりと回っているのが見えてくる。誰が観覧車を動かしているんだろうか？　それが、必死に探し求めた『もうひとり』なんだろうか？　白く濃い霧の中から、人間の足のようなものがこちらに向かってくるのが見えたとき、いままでに感じたことのない強い恐怖感と重圧がキョウの足を留めてしまう」

霧の向こうにいるのはどんな相手なのか。自分はほんとうに『次の世界』を開く鍵となれるのか。なにもかもわからないことだらけで怖い。怖くてたまらない。うっすらと向こうに見える二本の足も、自分と同じように立ち尽くしている。爪先しか見えない相手は大人なのか、子どもなのか、男なのか女なのかすらわからない。

「そのことに、キョウは大きく息を吸い込むんだ。恐怖心を打ち消したいなら、自分が生きている実感を味わいたいなら――そうだ、一歩前に踏み出すだけなんだ」

カタンとカップを皿に戻す音で、はっと夢から覚めるような気分を味わった。

佐野らしい鮮やかな世界観には、内心、感嘆のため息をつくばかりだ。

――さすがに、カンヌで賞を獲っただけのことはある。このあいだのことはともかく、幸村を主役に据えて案を練ってきたというのは嘘じゃないはずだ。この役をやれるのは、あいつしかいない。

「自分ひとりきりじゃ生きてる実感もない。他人がいて、初めて自分という存在意義がわかるということをこの映画で描きたい。幸村くんの骨太さは、今回の役柄にぴったりなんだ」

「……ありがとうございます。これほどの世界観を与えていただければ、本人もきっと喜びます」

佐野の指導のもと、一躍表舞台に躍《おど》り出る幸村の姿を想像するだけで、いまから笑みがこぼれそうだ。「これぞ」と見抜いて磨きをかけた商品が大勢のひとの目に留まる瞬間こそ、岡崎の追い求める喜びなのだ。

「それよりも、岡崎くんはどうして裏方に回ったのかな？　まだ、二十八歳だろう。モデル時代のきみを知っているが、十分売れていたじゃないか。あのままやっていれば、もう少し続けられただろう」

「その、……『もう少し』というのが待てませんでした」

「へえ、どういうことかな」

ゆったりした肘掛けに頬杖《ほおづえ》をつき、優雅に足を組む佐野の前で、岡崎は苦笑いするしかなかった。

彼のように、幸村のように、揺るぎない個性というものが自分にあると信じられていたら、表舞台から引き下がることはしなかっただろう。だが、多くのタレントたちが新鮮なまま使い捨てられていくなかで、いつかは俺もこうなるのかと思ったら、早々に次の手を打ちたくなったのだ。

「残念ながら、私には佐野さんや幸村のように明確なウリというものがありません。ですから、裏に回って幸村たちのようなタレントを世話する側になったというだけですよ」

「いや、きみは大きな勘違いをしている。自分をあまり安く売るもんじゃないよ。少なくとも、僕は岡崎くんを高く買っている。――覚えてるだろう？　このあいだの話。幸村くんに主役を張らせたいなら、岡崎くんは僕の欲を満たす相手になってほしい」

「……ご冗談でしょう？」

「なにも裏付けがないまま、僕がこうしてきみを呼び出すと思うかな？　ましてや、幸村くんを主役に据えた脚本の一部始終を話すには、なにか理由があってのことと思うのが自然だときみも思うだろう。――きみと幸村くんがエレベーターの中でキスをしていた映像が、僕の手元にあるんだよ。ずいぶんと大胆なキスを交わしてたじゃないか」

スラックスのポケットから小型のビデオテープを取り出した男に、すうっと頭から血の気が引いていった。

いまや、どこのエレベーターにも警備会社の監視カメラがつき、二十四時間稼働している。誰が何時に乗り、誰が何時に下りたのか、克明《こくめい》に記した映像はよほどのことがないかぎり、個人の手に渡るはずがないのだが、佐野はどうやって入手したのだろう。

「僕はこのフロアから最上階までをオフィス兼住居としているんだ。どんな人物がここに来るかを知るのは、当然の権利だろう？　彼らがエレベーターの中でなにをしているか、いつでも知る権利がある。もちろん、警備会社もこの件に関しては了承済みだ。――幸村くんは公私ともにわたってのきみのパートナーなのかな？　いとおしい彼をもっと売り出したくて、僕のところに来たというわけかな」

「違います。あれは……！」

幸村が一方的にやったことで、自分はまったく関係ないと言いたかったが、すんでで堪えた。いくら事実がそうだとしても、幸村のマネージメントをしている自分がタレントの立場を悪くさせてどうするのか。

「あれは……ほんの諍いで……」

悔しさに声を殺すしかない。真実を打ち明けるわけにはいかないのだ。

「諍いにしちゃ、やけに熱っぽかったね。抗《あらが》ってるきみの顔にはかなりそそられたよ。生真面目《きまじめ》で仕事しか頭にないように見える岡崎くんを組み敷くと、もっと色気のある表情を見せてくれるのかな？」

くくっと低い声で笑い、佐野はビデオテープをガラステーブルに放り投げる。カツンと固い音を立てたテープに記録された生々しい事実を佐野に知られたいま、自分としたことが次にどうすればいいのかまったく浮かばなかった。

もし、ここに幸村がいたら、彼の胸ぐらを掴み上げ、「なんてことをしてくれたんだ！」と怒鳴れただろうが、そうしたところでなにかが変わるわけではない。

佐野がすっと立ち上がり、さりげなく隣に腰掛けてきても、身じろぎひとつできなかった。

「僕はめったにメディアには顔を出さないが、それでもマスコミには顔が利くほうなんでね。幸村くんが同性愛者だと世間に暴露するぐらい、お手のものだ。いくら彼がワイルドなイメージで売り出していたとしても、この事実を知ったらファンはショックを受けるだろう。今後の幸村くんの進路にも大ダメージを与えるのは間違いない。さあ、どうする?」

脅《おど》しとも取れる言葉に窮した岡崎の隙を狙《ねら》い、佐野が素早い仕草でネクタイを引き抜く。

あっという間に背後で両手首を縛《しば》り上げられ、スラックスのジッパーの上を佐野の長い指がつうっと辿るのを間近で見て、本気で身体が震えた。

「やめてください、俺はこんなことで幸村を売り出すつもりは……っ!」

「動くんじゃない。幸村くん自身に傷がつくよりも、こうするほうがいいじゃないか。岡崎くん、きみにとっても悪いことじゃない」

「……ッ」

至近距離で囁く男を睨み据えた。

この先、なにをされようとけっしてこれ以上声を漏らすものか。

何度も何度もジッパーの上からなぞられた。だが、あえてべつのことを考え、下肢に集まりつつある熱を意識すまいと歯を食いしばる岡崎の胸の裡を悟ったかのように、佐野は薄く笑いながら、しつこく性器の形に沿って指をすべらせた。

淡泊なつもりでいても、しだいに、そこがどうしようもなく熱くなり、つらいほどにジッパーを押し上げるようになってもまだ、岡崎は瞼《まぶた》を強く閉じて抗っていた。

——俺のせいじゃない。触られて勃《た》つのは生理的な現象に過ぎないんだ。相手が誰だろうと、こんなことを無理強いされて感じるものか。

「僕が想像した以上に強情だね、きみは」

ぐっと顎を押し上げられ、くちびるをきつく吸い取られたのと同時にスラックスのジッパーが下ろされ、ぶるっと飛び出た性器の硬さに岡崎自身がひどく驚いていた。

「……ぅっ……っ」

佐野の指遣いは巧《たく》みだった。

剝《む》き出しにした岡崎のペニスの割れ目をやわらかに指で押し開き、とろりとしたしずくをあふれさせ、じゅくっ、ぬちゅっ、と音を響かせるまで扱《しご》いた。くちびるもふさがれ、舌を強く搦められて声が出せなかったのは不幸中の幸いかもしれない。ただ、息苦しさに、ときおり掠《かす》れたような声が漏れ出てしまうのはどうすることもできなかった。

「男に慣れてなさそうな身体だ。セックスは嫌いか？」

当たり前だ、というふうに真っ向から視線をぶつけたが、佐野はたいして堪えたふうでもない。それどころか、性器の根元に生える薄いくさむらを指で淫猥にかき回し、陰嚢《いんのう》にまでするっと触れてきた。

「……ぁ……っ！」

弓なりに身体をのけぞらせた瞬間、佐野がそこを痛いほどに揉《も》み込んでくる。

真面目な印象を与えるスーツを着たまま、下肢だけ剝き出しにされ、ぬちゃぬちゃと淫《みだ》らな音を立てられる屈辱に、身がよじれそうだ。

「ッやめて――ください……！」

「どうして？　僕はもっときみのそういう顔が見たい」

岡崎のスラックスを膝まで下ろした佐野が、斜めに反《そ》り返る岡崎の濡れて勃ちきった性器をやさしく擦《こす》りながら、だんだんと顔を近づけていく。

――まさか。

青ざめる岡崎のそれを、佐野の形のいいくちびるが食《は》んでいく。充血してふくれる亀頭《きとう》を頰張り、くぷ、と音を響かせながら、浮き上がった筋に沿ってちろちろと舌を這《は》わせられてしまえば、嗚咽《おえつ》とも喘《あえ》ぎともつかない声を押し殺すのに必死だ。

「こんなに濡らしてるのは、きみ自身だ」

「違う、――俺じゃない、……俺はそうじゃない……！」

めちゃくちゃに頭を振った。

違う。ほんとうに違う。触られて、舐められて、先走りをあふれさせてしまうのは男の身体として自然な反応で、けっしてみずから望んだものではない。

じゅぷっ、と頰をすぼめて吸い上げられ、くびれのところを執拗に舐め回されると、いかに意識をしっかり保たなければと自分に言い聞かせても、腰が揺れてしまう。

「……っ……く……」

はち切れそうなペニスを何度もしゃぶられ、射精してしまいそうになると佐野のくちびるが離れる。それで一度はほっとするのだが、岡崎の意識とは裏腹に、ずきん、ずきん、と身体の奥のほうから鋭い快感が突き上げてくる。

「……っ……ぁ……っ」

懸命に理性を保ち、快感に溺《おぼ》れまいとするその顔こそが佐野を煽るとは知らずに、岡崎は汗だくになって声を殺し続けた。

「最初はこのぐらいにしておいてあげようか」

言うなり、佐野の舌がねっとりとペニスに巻き付いて激しく舐めしゃぶられた。

その名を言えば、誰もが知る著名監督に口淫され、感じまいとするのにも限界がある。くびれを甘く噛《か》まれ、先端の割れ目を執拗につつかれたあげくに、岡崎は掠れた声とともに達してしまった。

びくっと脈打つ性器からあふれる精液を佐野は最後の一滴まで飲み干し、まだ硬いままのペニスを散々舐め回したあと、ようやく満足そうに顔を離した。

「これだけ感度のいい身体なら、次はもっと楽しめそうだ。映画の件同様、追々きみという人間を突き詰めていくとしようか」

返す言葉はひとつもない。

全身が汗ばみ、呼吸のリズムが整わないなかで、ようやく手首を縛っていたネクタイがほどかれた。

この身体を引き換えにすれば、幸村をスクリーンのど真ん中に立たせてやれる。頭ではわかっていても、――どうして俺がこんな目に遭わなきゃいけないんだと怒りが走り、乱れた衣服を直す手も細かに震え、手伝ってくれようとした佐野の手を乱暴にはねつけた。

「結構です。自分で直せます」

「そうだろうね。岡崎くんぐらい自制心の強い人間なら、ネクタイの乱れを直すのなんか簡単すぎてつまらないだろう。ほら、右袖のシャツのボタン、はずれてるよ」

余裕たっぷりに笑う佐野にぎりっと歯ぎしりし、「――失礼します」とオフィスを駆け出した。

エレベーターの中ではひたすら床を見つめ続け、はずれたままの右袖のボタンのことも無視した。

地下駐車場に停めておいた車に乗り込み、アクセル全開で一気に走り出すと、開いた窓から入り込む爽《さわ》やかな風が火照《ほて》った頬を撫《な》でていく。

そこでやっと、岡崎は大きくため息をついた。

まだ身体のどこかに疼《うず》きが残っているような気がするが、忘れてしまえ。あんなことで動揺するなとおのれを叱咤《しった》し、佐野のオフィスから離れたところで車を停めてプロダクションの社長に電話をかけ、「佐野監督の次回作に、幸村の出演が決まりました。主役を獲れました」と報告すると、予想以上の喜び声が返ってきた。

『よくやったな。気難しいと評判の佐野監督を口説き落としたか。やっぱり、岡崎くんに幸村を任せてよかったよ』

「ありがとうございます。詳細は、……これから追々決めていくそうです」

語尾が掠れたのは、つい少し前に受けた屈辱が胸をよぎったせいだ。

「すぐに幸村にも伝えます」

そう言って電話を切り、今度は幸村に電話をかけた。

『もしもし』

「岡崎だ。佐野監督の作品に、おまえが出ることが決まった。詳細は――」

『出ねえって言っただろ！』

礼儀もなにもあったものじゃない幸村に、さしもの岡崎も堪忍袋《かんにんぶくろ》の緒《お》が切れた。

佐野にいいようにあしらわれ、『商品』にまででかい口をたたかれて黙っていられるか。

「俺の言うことを聞け！　おまえを売り出すためにやってることだろうが！」

『誰もそんなこと頼んでねえだろうが』

「とにかく、あとでオフィスに来い。今後のスケジュールを組み直す」

矢継《やつ》ぎ早《ばや》に言って幸村の憤りを封じ込め、ぶつっと切った携帯電話を助手席に放り投げた。

――どうして俺があんな目に遭わなきゃいけないんだ。身体と引き換えに仕事をもらうことだけは絶対にやりたくなかったのに。

全身を火照らせて快感に喘ぐセックスと、仕事は絶対に切り離すべきだ。セックスで得られる愉《たの》しみなんて、たかが知れている。何度も交われば結局いつか飽きられるし、周囲にも『簡単にやらせるらしい』と噂が出回ってしまう。

――だから、自分を切り売りするのだけは嫌だったんだ。

「……くそ！」

苛立ち任せにハンドルを叩き、くわえ煙草で青山のオフィスに戻った。

もろに怒りを顔に浮かべた幸村が現れたのは、それからすぐのことだ。

大学から直行したらしい。清潔感のあるチェックシャツの袖を乱暴にまくりあげた幸村が、オフィスに入ってくるなり、つかつかとデスクに近づき、仏頂面《ぶっちょうづら》でひっきりなしに煙草を吸っていた岡崎の手首を握り締めた。

「幸村！」

「あいつに、なんかされたんじゃねえだろうな。このあいだのことがあったのに、急に映画の出演が決定するなんてどう考えたって変だろ。……まさか、あんた、あいつの条件を飲んだんじゃねえだろうな」

底光りするような鋭い視線をはぐらかすのは相当の気力が要ったが、なんとか平静を保ち、「そうじゃない」と言った。

「俺は真っ当な方法でおまえを売り出したいだけだ」

「真っ当、か」

肩にかけていた革のショルダーバッグをソファに投げ、どかりと腰を下ろした幸村はまだ納得していない顔つきだ。くたくたになるまで使い込まれた革のショルダーバッグといい、洗いざらしのチェックシャツといい、長い足を引き立てるジーンズといい、いちいち決まっている。

これほど、自分の強みというものを熟知し、惜しげもなく披露してみせる人間が他にいるだろうか。

——いや、いない。だからこそ、佐野さんもあそこまで手の込んだ脚本を作り上げたんだ。

「とにかく、おまえが主役で脚本を書いてくれることになったんだ。ちょっと変わった話で、舞台は現代。平凡な毎日に飽き飽きしている大学生の〝キョウ〟が、おまえの役柄だ」

「俺そのまんまじゃん」

無駄口をさらりと聞き流し、シナリオの内容をゆっくりと話して聞かせた。

毎日、ひとりずつ親しい誰かが消えていく。その理由はなぜなのか。とまどいながら街をさまようキョウに、幸村もしだいに引きずり込まれたようだ。

いつしか真剣な顔で、指に挟《はさ》んだ煙草をときおり吸いながら、岡崎の声に聞き入っている。

「最後の場面は遊園地だ。この世界に残ったもうひとりが誰なのか、キョウは知らない。でも、自分の存在意義を懸けて前に踏み出す。そこでエンディング、スタッフロールだ」

「変わってる話だな……」

「おまえがほとんど出ずっぱりなぶん、演技力の高さが要求される。佐野さんの性格からしても、たぶんおまえの第一印象を生かしたキャラクターにしたんだろうが、それでも一度クランク・インしたらあのひとのことだ。妥協は絶対にしないはずだ。早速、今後のスケジュールはボイス・レッスンと演技指導の時間を多めに取るようにする」

「その映画の発表はいつなんだよ」

「まだ聞いていない。ただ、あそこまでシナリオができあがっているとしたら、一般へのお披露《ひろ》目《め》までそうかからないんじゃないのか。キャスティングとの交渉ぐらいのもんだろう」

「で、まずは俺と交渉ってわけか」

にやりと笑う年下の男に、岡崎は呆《あき》れ半分で、「バカを言うな」と叱った。

「おまえにイエス・ノーの権限を与えると言ったか？　おまえを売れさせるために俺は奔走《ほんそう》してるんだ。黙って言うことを聞け」

「そんなこと言ったって、現場で実際に動くのは俺だぜ？　たとえば俺が佐野の言うとおりの演技をしなかったり、撮影そのものをすっぽかしたりしたらどうするんだよ」

目を眇《すが》め、挑発を仕掛けてくる幸村をじっと見つめた。

確かに、そういう可能性もあるだろう。マネージャーとしては先輩格にあたる野村でさえ手を焼いた相手だ。自分が担当になってまだ数週間、幸村のすべてを把握したとは言い切れない。

——だけど、さっきの真剣な顔は嘘じゃない。あのとき一瞬、幸村も佐野さんの生み出す世界に魅入られたはずだ。

視線をそらさず、岡崎は「——おまえなら」と低く囁く。

「おまえなら、絶対にこの仕事を受けるはずだ。〝キョウ〟として、喪失感や絶望感を味わった最後に、一歩前に踏み出したいと思うはずだ」

その言葉に同情も恋の感情もまったくなかったが、——幸村ならやれる、むしろ幸村以外にあの役を演じる奴はいないと強く信じる岡崎を、黒い目がひたと見据えてくる。

やがて、煙草を灰皿にねじり潰し、「しょうがねえな」と幸村が岡崎の真横に立ち、顎をぐいっと押し上げてくる。

「……あんたの言うことだったら聞いてやるよ。そのかわり、忘れるなよ。いつか絶対に俺だけのものにしてやるって言っただろ」

目を瞠ったのと同時に幸村が髪を鷲摑《わしづか》みにしてきて、荒々しくくちづけてくる。

どんなに固くくちびるを閉じていても、幸村のほうが力が上だ。胸を押しのけようとしてもむりで、息苦しくなるぐらいにのけぞらされ、岡崎が息を吸い込むためにくちびるを開きかけると、待っていたとばかりに熱い舌がねじ挿《い》ってくる。

「——ッゆき、むら……っ！」

このあいだもそうだが、息継ぎもろくにさせてもらえない幸村のキスは乱暴極まりない。ぐちゅぐちゅと音を立ててむさぼる舌に振り回され、混乱しながらも必死に若い男の背中を叩いて抵抗した。

つい先ほど、佐野が仕掛けてきた不埒《ふらち》な遊びによる余韻《よいん》がまだ身体中に残っていて、どうかすると掠れた喘ぎを上げてしまいそうだ。

それを感じ取ったのかどうか、わからない。がむしゃらに舌をきつく搦めてくる男に腰を掴まれ、硬く盛り上がったそこを強く押しつけられた。ジーンズ越しに感じる熱い塊に怖《お》じ気《け》がこみ上げてくる反面、岡崎自身、説明のつかない感情があった。憤りだろうか。それとも、佐野の手と口でいかされた直後の歪んだ興奮が残っているのだろうか。

――こいつに犯されるなんて冗談じゃない。佐野さんも、幸村も、なにが楽しくて俺に手を出してくるんだ。

「――いつか、あんたを抱いてやる。最初に会ったときから、やりたくてやりたくてしょうがねえんだよ」

「……ん……、ん……っ」

執拗な佐野とはまったく違う激情をぶつけられ、身体が反応してしまいそうだ。

昂《たか》ぶる下肢を擦りつけてくる年下の男に、絶対に屈してなるものか。

「……やめろ、ばかなことはよせ！」

幸村の胸を懸命に押しのけ、岡崎はソファに手をついて息を荒らげた。

一日に二度も男に求められるなんて、しゃれにもならない。

「おまえと仕事することに、こういうことは条件に入ってない。勘違いするな！」

「でも、あんたは俺を売り出したいんだろう？　佐野も俺を認めて脚本を書くと言ってる。俺も主役を引き受けると了承した。そのあいだに立つあんたが、『商品』の感情を悪くさせてどうすんだよ」

そうまで言われて黙っていられるか。威厳を保つためにもなんとか息を整え、目を細めた。

「調子に乗るんじゃない。……じゃあ聞くが、もしおまえがいまの俺のように、仕事と引き換えに身体を求められたらどうするんだ？」

「逆に食い荒らしてやる。俺を選んだことを後悔するぐらいにな」

即答した男は、もしかしたら想像以上の力を秘めているのかもしれない。

彼には当たり前のルールも常識も通用しない。そして、一度やるといった以上はかならずやり遂げるだろう。こちらが要求した以上のハードルを跳び越え、目を剝くほどの結果を見せつけるに違いない。

そのとき初めて、岡崎は幸村という男に本物の脅威を感じたのかもしれなかった。

数日後、佐野から直接連絡が入った。

『幸村くんに脚本の内容を直接話したい。僕は撮りに入る前の段階を最重要視しているんだ。〝キョウ〟という役柄を幸村くんにも徹底して擦り込ませたい』

「わかりました。それでは、午後三時に伺います」

丁寧に受け答えをして電話を切ったあと、岡崎は知らずとため息をついた。

仕事のこととなると至って冷静な佐野に対抗し、よけいな感情をいっさい挟まずに会話を進めたつもりだが、うまくいっただろうか。

強引に組み敷かれた悔しさは、そう簡単に消せるものではない。できることなら、佐野とは二度と顔を合わせたくないが、それは一個人「岡崎遼一」としての考えで、ロスタ・プロダクションでも腕利きと褒めそやされるマネージャーという立場にある以上、すべてを見とおしたうえで動き、うまいこと佐野と幸村の組み合わせを実現させなければ。

しかし、実際のところ、佐野のことを考えると頭が痛い。今後も、本気で身体を求めてくるのだろうか。

――だとしたら、幸村には絶対に知られないように注意しないと。俺も、いままで以上に感情を押し殺すんだ。なにも感じない、言わない、そうすれば、なにもかもうまくいく。

身体のあちこちをまさぐられ、懸命に意識をそらそうとしていた自分を、佐野は冷ややかに笑っていた。その笑顔の裏でなにを考えているかわからない、というのはまさしく彼のような男を指すのだろう。

——そういうところでは、感情的な幸村とはまったく逆だ。

露骨なまでに感情をあらわにする幸村にも、毎回手を焼かされている。

いまのところ、大きなミスは犯していないが、雑誌の撮影現場などでもとかく反抗的だし、先輩格にあたるタレントに挨拶を一切しない。そのたびに岡崎はきつく叱りつけるのだが、最近になって、幸村がとある大型作品の主役に抜擢《ばってき》されたという噂がしだいに広がり始めていた。それが佐野作品だということは一部の人間しか知らないが、情報が解禁されれば、ますます幸村を妬《ねた》む者が多くなりそうだ。

ロスタ・プロダクション内でも、生意気でやりたい放題の幸村に向けられる視線はますます厳しくなる一方だ。

しかし、本人はまるで気にしていないらしく、この日もプロダクションに来ると脇目もふらずに岡崎のオフィスに入ってきて、ソファに寝そべり、のんきに漫画雑誌をめくっている。

感情の起伏が見えない佐野と、力ずくで押してくる幸村。

どちらが扱いやすいか、いまの段階ではまだ判別がつかない。どこかで彼らをうまく操れる糸口が見つかるだろうか。そんなことを考えながら、岡崎は幸村を連れて汐留に向かった。

「待ってたよ、幸村くん、岡崎くん。さあ、中にどうぞ」

笑顔で出迎えてくれた佐野にうながされ、幸村を従えて室内に足を踏み入れた。

三人で顔を合わせるのは、まだ二度目だ。しかし、のっけから幸村は笑顔をつくろうともしないし、佐野のほうもそれを咎めるつもりはないようだ。

「ほかのスタッフの方はいらっしゃらないのですか」

いつも佐野ひとりきりのオフィスであることを暗に示唆《しさ》すると、三人分のコーヒーを淹れた佐野が「大勢いたって、邪魔だからね」と辛辣な言葉をさらっと口にする。

「撮りに入るまでの作業は、だいたい僕ひとりで行う。キャストとの話し合い、イメージの摺《す》り合わせにいちばん時間がかかるんだ。カメラマンや衣装については、昔からのメンバーでやることになっている。彼らは僕の方向性というものをよくわかっているから、全員そろってのスタッフミーティングは結構あとになってやるんだよ」

「なるほど……」

コーヒーに口をつけたが、味がしなかった。神経がぎりぎりまで張りつめているのが自分でもわかる。それでも、なんとか体面だけは保ちたい。隣に座る幸村は相変わらずのマイペースぶりで、煙草を取り出してかさかさと振る。

「吸ってもいいですか」

「どうぞ」

鷹揚《おうよう》に応えた佐野が、「それじゃ僕も吸おうかな」とライターを取り出し、岡崎にも薦めてくる。

「岡崎くんも吸うかい」

「いえ、結構です」

ほんとうならそうしたいところだが、この場、この組み合わせで煙草を吸ったらますます神経が尖《とが》りそうだ。

「今回、幸村くんに与える〝キョウ〟という役柄は、半分はいつものきみ自身でいい。でも、もう半分はいまここにはまったくない、きみが欲しい」

「……それ、どんなのですか」

「抽象的に聞こえるだろうけどね、実際、シナリオができて読んでもらえたらわかると思うよ。現実の幸村くんは自分に確固たる自信を持っていて、それを他人に崩された経験は一度もない。そうじゃないかな？」

「まあ、そうです」

「そういう日常は退屈だろう。膿《う》んでるはずだ。他人に影響を受けずに育っていく人間はかならずどこかで歪む」

「皮肉ですか？」

「事実を言ってるだけだよ」

正面切って堂々と喧嘩《けんか》を売るような物言いをする佐野に、気の短い幸村は早くも火が点いたらしい。

「どういうことだよ。あんた、俺が歪んでるって言いたいのか」

「幸村、相手は佐野監督だぞ、もっと丁寧な言葉遣いに――」

「構わないよ、岡崎くん。僕はこういう幸村くんが見たいんだ。手綱のついていない獣のような幸村くんをね。ただし、いまのきみは手綱がついてなくても、腑《ふ》抜《ぬ》け同然の獣だ。動物園で腹を出して寝ているライオンみたいなものだよ」

「……ッ」

　血相を変えて立ち上がりかけた幸村の腕を掴み、「座れ、座るんだ」と小声で命じる岡崎自身も必死だ。

　佐野と幸村とでは、一回りも歳が違う。しつけのなっていない若者を怒らせるのなんか、佐野にとってはままごとのように簡単なものなのだろう。

　わざわざ幸村を苛立たせるのは、彼の持つエネルギーを見極めるためなのか。

「……オーディションもなしで主役を与えてもらえるんだ。我慢しろ」

　小声で囁くと、幸村はぎらりとした視線を向けながらも再び腰を下ろした。しかし、見せかけの真面目くさった態度を取るのをやめて足を投げ出し、ソファにふんぞり返る始末だ。岡崎が無言で膝を軽くぶつけ、姿勢を正すようにうながしてもまるっきり無視された。

　その一部始終を、佐野は心底楽しんでいるようだ。

「物語の大筋は岡崎くんから聞いているよね？　物語の序盤のキョウは、いまの幸村くん自身にほぼ近い感じで書くつもりだ。自分を取り巻いている世界が平和で、怠惰《たいだ》で、おもしろいことなんかひとつもないと思っている。だけど、自分でなにか起こそうという気力にも欠けている。そこから、〝日常〟が少しずつ抜け落ちていくんだ。この〝日常〟というのが、最初はキョウの家族だったり友人だったりするんだが、その先はもう、底なし沼だ。キョウが視界に映したものは、次の瞬間に消えてしまう。だんだんと自分の周りから日常が消えていくことで、キョウは錯乱《さくらん》の一歩手前まで追いつめられる。……幸村くんは、気が狂ったことはあるかな？」

「ねえよ。あったら、いまここにいるわけねえだろうが」

思わずぎょっとする問いかけに、幸村は平然としている。佐野の奇妙なやり方に、真っ向から張り合う気になったらしい。

「だろうね。残念ながら僕も完全に頭がおかしくなったことはないが、欠片《かけら》は持ってるよ。たぶん、幸村くんも岡崎くんも、気が狂うきっかけを持っているはずだ。……この映画が成功するかどうかは、幸村くん、きみのように体力も精神力もタフな人間が土壇場《どたんば》に追いつめられたとき、どんな表情を見せるかにかかってるんだ」

「じゃあなんだよ、この映画が完成したとき、俺は気が狂ってるのか？　冗談じゃねえ」

鼻で笑う幸村に、佐野も首を傾げて微笑む。それから、ふと思いついたように岡崎を見た。

「岡崎くん、悪いんだが上の部屋に脚本の序盤をプリントアウトしたものがあるんだ。取ってきてくれないか。デスクの上にあるから、すぐにわかる」

「岡崎さんはあんたのアシスタントじゃねえだろ。それぐらい、自分で取りに行けよ」

「言っておくが、僕はきみにいちいち指図される立場じゃない。その逆だと思うがね」

「取りに行って参ります」

剣呑とした空気がいたたまれず、岡崎は指示どおり部屋の隅にある螺旋階段を上り、突き当たりの扉を開けた。

下のフロアが来客用の打ち合わせスペースだとしたら、ここは佐野の私室なのだろう。床すれすれのところでランダムに四角くくり抜かれた窓はちいさく、外から入ってくる明かりの量が少ないため、室内は極端に薄暗い。壁面はすべて本棚になっていて、部屋のやや奥まったところにどっしりとした構えのデスクがあった。濃い色合いの毛足の長い絨毯《じゅうたん》張りの床は、足音ひとつ響かない。

明るく突き抜けた感のある下のフロアとはまったく違う、異質な部屋だ。本でぎっしりと埋まった壁面はぐるりと丸く、無言の圧力で岡崎を追いつめる。

——ここにあのひとはひとり閉じ籠《こ》もり、崩壊していく世界を創り上げるのか。

佐野が持つ、並々ならぬ陰と陽の力をあらためて知った気がして、うなじのあたりが少し寒い。早いところ、シナリオを持って下に戻ったほうがいい。

——ここに長時間いたら、ほんとうにおかしくなりそうだ。

閉塞感《へいそくかん》に満ちたこの部屋は佐野にとって心地いい作業場なのだろうが、自分には落ち着かない。

急いた足取りでデスクに近づき、片隅をクリップで留めた紙束を手にしたときだ。

背後で扉の開く気配がしたので驚いて振り向くと、佐野だ。

「あの、脚本はこれで……」

よかったのでしょうか、と言う前に佐野が羽交《はが》い締《じ》めにしてきて、むりやりくちびるをふさいでくる。

「――ッ……！」

唐突な行為に抗いの声を上げようとしたのが間違いだった。ぬるりとすべり込んできた舌にきつく吸われながら、ネクタイをむしり取られた。

腕を振り回し、めちゃくちゃに暴れたが、細身に見えても佐野はしっかりとした筋肉を備えているらしい。シャツのボタンをはずされるあいだ、どんなにあがいても押しのけることができないのが同性として悔しいかぎりだ。

「……佐野さん、やめてください！　下には幸村が……っ」

「だから？」

このあいだと同じように、背後でぎっちりとネクタイで両手首を拘束《こうそく》された。

逃げたくても、逃げられない。うしろから佐野が覆《おお》い被《かぶ》さってきて、少しだけ浮かせた岡崎の胸を淫猥にまさぐってくる。

「岡崎くんは、乳首を弄《いじ》られて感じたことはあるのかな」

あるはずがない。女じゃないのだから、そんなところを触られてどうなるわけではないと思うのに、ちいさな尖りを執拗に撫で回す佐野は確信を込めた声で言う。

「ああ、ほら、……少しずつ硬くなってきたのがわかるかな？　男でも、ちゃんと仕込めば乳首を弄られて射精するぐらいになるんだよ。岡崎くんにも、その素質があるらしいね」

「……そんな……っ……」

それまで意識もしなかった場所を延々と撫でられ、つねられ、揉み潰された最後にくるっと身体を返され、痛いほどに尖りきった乳首を、ちゅく、としゃぶられてしまえば、掠れた声が漏れ出てしまう。

「……あ……あぁっ……」

男の愛撫に慣れていないそこが真っ赤にふくれ、熟《う》れたちいさな実を噛むように佐野の歯で扱かれると、痺《しび》れるような快感が足の裏から駆け上がってくる。

「やめてください、――頼むから――幸村が……、幸村に……ばれたら……」

荒い息の下で必死に許しを請《こ》うたが、佐野の耳には届いていないようだ。乳首を舐め回しながら岡崎と視線を合わせてにやりと笑ったあと、スラックスにも手をかけてきた。

「……佐野さん！」

絨毯張りの床に裸の岡崎を組み敷いて四つん這いにさせてから、佐野が冷ややかな笑いを含んだ声で囁く。

「きみのように一見、清潔で真面目そうな男の正体を暴くのが僕の趣味なんだよ。ほんとうは、僕や幸村くんを手のひらで転がしたいとこころのどこかで考えてるだろう?」

「そんなことは――、考えたことも……」

「ないとは言わせないよ。その綺麗《きれい》な顔の裏側でどんな計算を働かせてるか、だいたい想像がつく。……幸村くんをもっと売り出したいんだろう? だったら、これぐらいのことはいいじゃないか」

ぬるん、とした感触が尻のあたりに触れて、岡崎はくちびるを強く噛み締めた。ぬめぬめしたローションをまぶした佐野の指が窄《すぼ》まりの周囲を這い回り、きつく締まるそこの感触を確かめたあと、「ほんとうにいい素材だ」と低く笑った。

「これだけ慣れてない男もめったにいない。きみみたいな男を犯せるなんて、これ以上に楽しいことはないよ」

「……畜生……!」

思わず罵倒《ばとう》したのが可笑しかったらしい。佐野は声を立てて笑いながら、ゆっくりと指を挿《い》れてくる。

慣れない異物感に全身が汗ばむ。どうにかして佐野の指から逃れたくて身体をよじると、ますます奥深くを探られてしまう。

「っ、うっ……」

吐き気をともなう違和感が、しだいに深い熱を帯びていく。

——どうしてなんだ。どうして、俺はこんなことをされて感じるんだ？　違う、感じるはずがない。絶対にこんなことで感じるはずがない。

強張《こわば》っていた肉襞がねっとりと蕩《とろ》けていくのが、自分でもわかる。それを見逃さず、佐野の指がくいっと上向きに擦り始めた。とたんに、全身に散らばっていた快感の火種《ひだね》が一気にそこに集中し、岡崎はがくんと上体を倒してしまった。

「……あ——あぁっ……！」

「ここが岡崎くんの感じる場所か」

「あ、う、……っやめろ、嫌だ——嫌だ、やめてくれ……！」

「こんなにいいシーンでやめるほうがばかだろう」

熱く疼く窄まりを指で犯す男の声を、けっして忘れるものか。排泄器官でしかないそこで感じさせられる屈辱は、一生この胸から消えることはない。

「佐野さん——……あ、っ」

びくりと背をそらした。それまで中を乱していた感触とは、あきらかに違う硬いものがぬぷりと音を立てて挿《はい》ってくる。

「なッ……なに、……して……っ」

「こんなちっぽけなローターでも、いまのきみにはさぞつらいだろうね。……でも、そのうち本気で男が欲しくなるよ。僕が約束してあげよう」

長細いものがぬくぬくと蕩けた肉襞を押し分けて、奥へ奥へと挿ってくる。それからいきなり小刻みに振動し始めたので、思わず声を上げてしまった。

「……っ嫌だ……っ」

髪を振り乱し、抗った。身体の奥へと埋め込まれた異物を押し出そうと腰をよじる姿が、どれだけはしたないものか最初からわかっていたら、岡崎もここまで抵抗しなかったかもしれない。頭の中が真っ白になっていくほどの強烈な快感に飲み込まれ、冷静にこの場を切り抜ける方法などひとつも浮かばない。

「……そろそろ幸村くんもおかしく思い始めてるんじゃないかな。僕らふたりでなにをやってるんだろうってね。ほら、彼に聞こえるような声を出してごらん」

「……誰が……そんなこと……!」

ちいさい声で罵《ののし》ったが、抗えば抗うほど内側のものがぶるっと強く震え、せめてもの抵抗をむだにしてしまう。

——冗談じゃない、こんなところをあいつに見られたら、すべておしまいだ。

佐野に頭を押さえつけられ、ペニスをやんわりと擦られた。ひくん、と反応して首をもたげるペニスの先端から、透明なしずくが伝い落ちるのを岡崎は自分の目で見た。当然、佐野も見ただろう。

屈辱に頬を熱くし、佐野をなじろうとした瞬間、扉を強く叩く音が聞こえてきた。

「岡崎さん、佐野さん、そこでなにやってんだよ」

「——ほら、なにも知らない奴がやってきた」

悪辣《あくらつ》に笑う佐野がローターの振動を強めたせいで、岡崎はびくんとのけぞり、熱い吐息を吐き出すとともに喘いでしまった。

「ん——あぁ……っ！」

扉が開き、幸村が駆け込んでくるのが視界の端に映る。

薄暗い室内で行われている思わぬ痴態《ちたい》が、彼の足を留めさせた。

「あんたたち、なに、やってんだよ……」

「幸村——、見るな……っ出ていけ……っ」

茫然《ぼうぜん》と立ち尽くす男に向かって、床に頭を押しつけられたまま叫んだが、いまや、ちいさなローターで犯される肉洞は熱く潤《うるお》い、性器も佐野の手で硬く勃ちきっていた。

「きみのマネージャーは見た目以上に感じやすいようだよ」

「てめえ！　ふざけた真似《まね》してんじゃねえよ！」

「待てよ」

幸村が殴《なぐ》りかかろうとするのを軽く押し止め、佐野は謎めいた笑みを浮かべた。

「きみも岡崎くんを抱きたいんだろう？　だったら、いまここで、僕と一緒に愉しめばいい。岡崎くんのように隙がない男は、こうでもしないとやらせてくれないからね」

「くそ、幸村、頼む、頼むから――……早く出ていけ！」

岡崎の必死な声に、幸村がひくりと頬を引きつらせる。

――見られている。幸村が、俺のすべてを見ている。佐野さんに触られて濡れきった場所を……ローターを挿《い》れられてどうにもならなくなっている俺のすべてを、見ている。

ふらつくような足取りで、幸村が一歩ずつ近づいてきた。乱れよがる岡崎に魅入られているかのごとく、視線はまったくぶれない。

四つん這いにさせられている岡崎の顔のそばで膝をつき、親指でゆっくりとくちびるのラインをなぞる。そのかすかな感触さえ、いまの岡崎には酷だ。

助けてくれるのか、と一瞬でも思ったのが間違いだった。幸村の目に浮かんでいるのは、間違いなく情欲の炎だ。

「なあ……、あんた、いま、うしろで感じてるのか？」

「ち、違う――これは、佐野、さんが……」

「違うなんてことないだろう、岡崎くん。幸村くん、まったくなにもかも見てのとおり。岡崎くんは初めてローターを押し込まれて、感じまくってるんだよ。……これは僕らだけの秘密だ。ねえ幸村くん、どうだろう。僕らで岡崎くんをもっと淫らにしてあげようじゃないか」

幸村はそれに答えなかったが、鋭い目元に熱くたぎる劣情《れつじょう》が滲んでいるのを読み取り、岡崎は

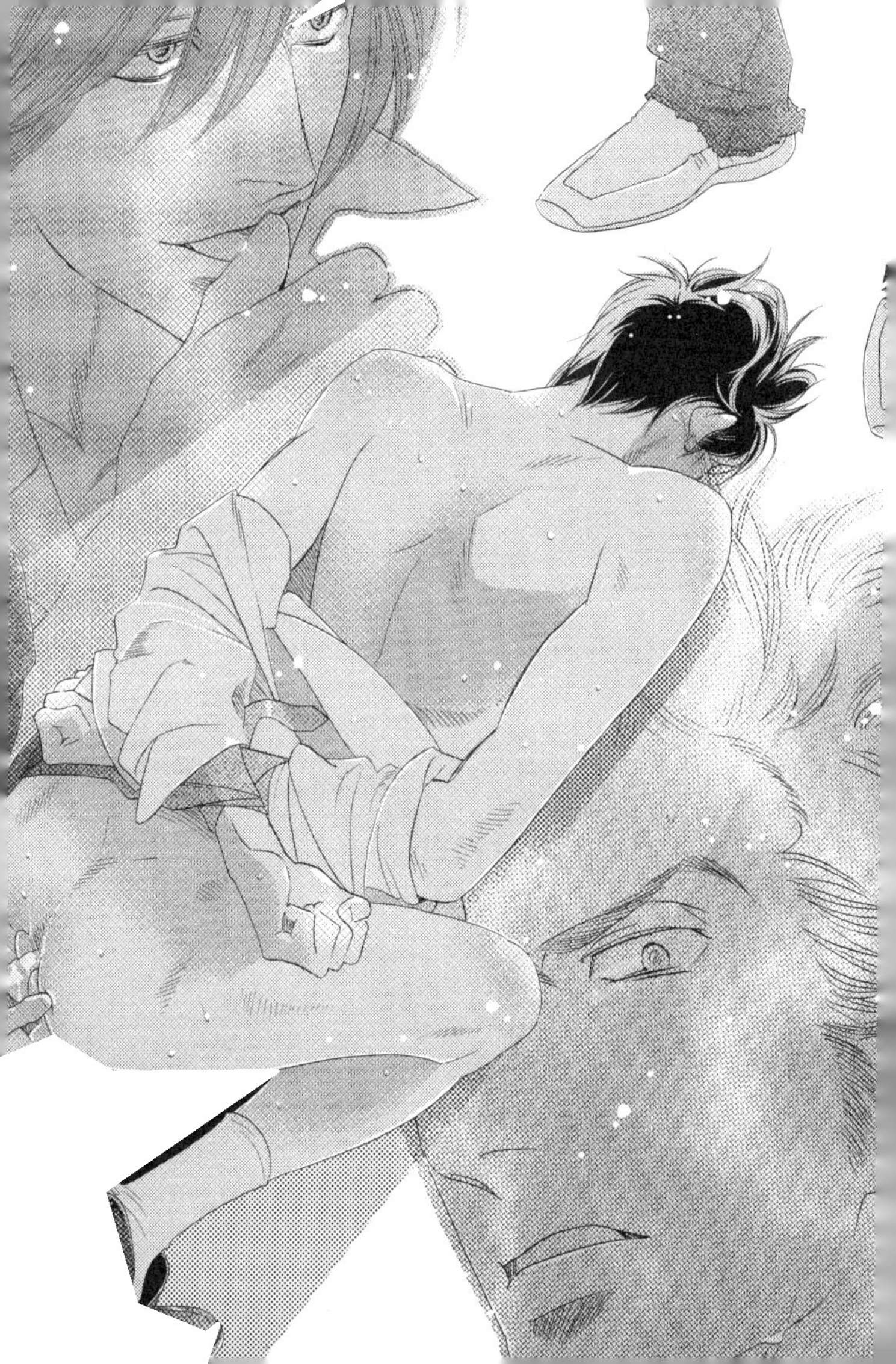

震え上がりそうだ。

「……いつか、絶対に抱いてやるって思ってたんだ」

熱に浮かされたような声で、幸村がジーンズのジッパーを下ろしていく。ぶるっと硬く跳ね出た男の性器の大きさに、岡崎は目を瞠った。赤黒く怒張した先端から、いやらしい粘りけを帯びたしずくが垂《た》れ落ちる。

「ゆ、幸村、おまえ……っ――んん、ぅ……っ!」

勃起《ぼっき》した男根を口に押し込まれ、そのままぐちゅぐちゅと音が響くほどにしゃぶらされた。ずるっと抜け出て乱暴に押し挿ってくる幸村の肉棒はどくどくと脈打ち、いまにも息が詰まりそうだ。

「ん、ん――ッく……っ」

大きく張り出した亀頭で口蓋《こうがい》をうずうずと擦り、幸村は濃い味を岡崎の舌に残すことに夢中になっていた。彼自身、まさか、こんな形でマネージャーを犯せるとは思っていなかったのだろう。狂気を孕《はら》んだ目をした男は、筋が浮き立つ肉棒で年上の男の口を犯し抜き、苦しげな息遣いと淫らに粘る音が部屋中に響いても、満足できないらしい。

「いい絵だ。まさしく僕が望んだとおりの絵だよ」

「……ッぁ……!」

身体の奥で絶えず唸《うな》っていたローターがひときわ強く震えて快感の輪郭を極めた瞬間、幸村が低く掠れた声を漏らしながら達した。

どっと吐き出された大量の精液が口内を満たしていく。それでもまだ、幸村は腰を突き動かしている。忌まわしいほどに若く、青臭い味が喉《のど》をすべり落ちていくのと一緒に、岡崎は生まれて初めて意識を手放した。


次の目覚めはひどくけだるく、全身が鉛《なまり》のように重かった。底のない泥沼から意識が引きずり上げられ、ぼんやりと、――ここはどこなんだろう、と視線をさまよわせた瞬間、ぬるぅっと這い回る生温かい感触に、「……あっ」と身体がのけぞるほどの鮮烈な快感が走った。

「なっ……ゆき、むら……やめろ……っ」

くちゅ、と粘る音を信じられない思いで聞いた岡崎の目に、それ以上の光景が映った。

幸村に、ペニスをしゃぶられていた。気を失っていたあいだにいくぶんかやわらかくなっていた竿《さお》の根元を持ち、形のいいくちびるに飲み込まれていくのを間近で見たとたん、反応してしまったのだろう。若い男の目が笑い、一層強く舐《ねぶ》り回された。

「……ん――……っ」

まさか、自分が担当するタレントに陵辱《りょうじょく》されるとは計算外もいいところだ。

年下の男の口淫はどこかぎこちないが、岡崎を征服することに熱中しているせいで、もどかしいばかりの快感が滲み出していく。

「やめろ……やめて——くれ……!」

一度意識してしまうと、燃え立つような快感が岡崎を追いつめる。半狂乱になりながらも、わずかばかり残っていた理性をかき集めようとしたが、蜜《みつ》がいっぱいに詰まった陰嚢を頬張られ、くりくりと舌で転がされると、どうしようもなく腰が揺れてしまう。

「やっとお目覚めかな?」

「あ……っ」

下肢をしゃぶられながら振り向くと、勃起した性器を剝き出しにした佐野がすぐ横にいた。とろりとしたしずくをこぼす男根を岡崎の顔に擦りつけてくる佐野の目は、恥辱《ちじょく》に燃える岡崎の反応を冷静に分析しているようだ。

「舐めてみろ。いま、幸村くんがきみにしているように」

「……ッ……」

反論したいことは山のようにあった。だが、その前に口に肉棒を押し込まれ、またも噎《む》せそうになってしまう。幸村と佐野が結託して、自分を犯そうとしている事実に押し潰されそうだ。

「いいかい?　もう誰も後戻りはできないんだよ。きみは、これから上手なフェラチオの仕方を覚えるんだ。まず、僕の亀頭を舌でくるみ込んでみろ」

――冗談を言うな、誰がそんなことをするか。

そう言えたのは胸の裡だけで、男のものを口いっぱいに頬張った状態ではろくに喋《しゃべ》れもしない。むりやり挿ってくる肉棒を何度か舌で押し戻そうとしたが、それが逆に佐野を悦《よろこ》ばせることになってしまった。

幸村とはまた違う、硬くなめらかに反り返った肉棒を含まされ、岡崎は仕方なしに佐野の言葉に従った。

こめかみを汗が伝い落ちていく。ずるっと抜け出て、もう一度押し込まれた佐野の性器の先端を舌でくるみ込んだ。それからどうすればいいのかと目顔で訊ねると、佐野は澄ました顔で、「幸村くんがやっているのと同じことをすればいい」と言うだけだ。

「……ふ……っ」

口いっぱいに頬張った状態で、男根の割れ目を舌先でつついた。喉奥を突くような角度で勃ち上がる佐野のそこから滲み出すしずくは、やはり幸村のものとはまた違う味だ。

幸村の精液は噎せ返るぐらいの青臭さがあったが、佐野のこれはもっと濃厚で、独特の粘りがある。

――ふたりの男に犯されるなんて、悪夢そのものだ。

ぬるぬると濡れたくぼみを舌でつついて疼かせ、滲み出すしずくを吸い上げる。ちゅくっと音を響かせる幸村がするのと同じように、岡崎も佐野に奉仕した。

上も下もふさがれ、淫らな行為の終わりがまったく見えない。いまだ吐き気が残るのに、絶頂を求めてしだいに身体の奥底でふくれ上がる鋭い快感に、岡崎自身が怯えた。

ぶるっと身体が震えたのがわかったのだろう。

濡れた口元を拭いながら、幸村が身体を起こした。

「……もう待てねえよ」

「しょうがないな。これだから若い奴は」

くっと肩を揺らして笑う佐野が、ローションのボトルを放り投げる。

それから、力の入らない岡崎の身体をむりやり起こして四つん這いにさせ、濡れた性器をもう一度舐めるように命じてきた。

「岡崎くん、男に貫かれるのは初めてなんだろう。幸村くんが手加減してくれればいいけどね」

「んなわけねえだろ。──俺のことだけを覚える身体にしてやる」

言いながら、幸村が窄まりをくちくちと濡れた指で拡げてきた。とうにやわらかくなっていたそこは、ローションの粘りもあってさらに淫猥な音を響かせる。

「ん、ぁ……ッ」

──やめてくれ、頼むからどうかやめてくれ。ほんとうに俺はおまえらに犯されるのか。

涙混じりに訴えようとした寸前、ずっしりと重たく、たまらなく熱い楔《くさび》がうしろから打ち込まれた。それと同時に、くちびるにも硬く隆起した男根がねじ込まれる。

「んん――……ッ！」

深い割れ目の奥、濡れて疼く場所を、ずくずくと男のものが犯していく。

「スゲエ……、岡崎さん、締まる……」

腰骨をぎっちりと摑んだ幸村の掠れた声が、まぼろしのように思えてならなかった。これがまぼろしなら、ほんとうにどれだけいいだろう。悪い夢なら、いつかは覚める。だが、まぎれもなくこれは現実だ。

めくれ上がるほどに大きいエラから太い竿をすべて受け入れるまでに、相当時間がかかった。初めての激しい痛みに何度か気を失いかけたが、佐野に乳首をつねられたり、擦られたりして意識が混濁し、しまいには痛みも快感もどろどろに混ざり合う渦《うず》に岡崎は飲み込まれていた。

「……動くぜ」

言うなり幸村がずくんと突き上げてきて、岡崎は悲鳴を上げたが、声にならなかった。

「ほら、岡崎くん。口がおろそかになってるよ」

ぬるんだ先端でくちびるを犯してくる佐野が、頭を摑んでくる。

「ッ――っ……あ……っう……っ」

抉《えぐ》るような幸村の動きにつられて、岡崎も頭の中を真っ白にさせて佐野のものを舐めしゃぶった。神経という神経が研《と》ぎ澄《す》まされ、端《はな》からちぎれていくような痛みを感じるのに、それよりさらに深い場所で歪みに歪んだ悦楽が待っていた。

何度も突かれるうちに、熱く潤《うる》んだ粘膜が年下の男の性器にまといつき、嗄《しゃが》れた声が聞こえた。それがもう、誰の声なのかもわからない。獰猛《どうもう》に貫いてくる男の濡れたくさむらが汗ばむ皮膚をくすぐり、深く繋がっていることを岡崎に再認識させる。

「――ッは……っ岡崎さん、マジでいい……中でいきてえ……」

「待てよ、このままじゃ岡崎くんがつらいだろう。うしろだけでいくのは、まだ彼にはつらいんだよ。幸村くんが扱いていかせてあげないと」

「……だよな」

勃ちっぱなしだった性器を大きな手でくるみ込まれたとたん、全身がわななくほどの快感がほとばしった。

「んん……ぅ……っ！」

にちゃにちゃと扱かれながら貫かれ、たまらずに身体が弾んだ。

身体の真ん中をぐっぷりと割り抉ってくる巨根に、岡崎は悶《もだ》え狂った。ひくつく肉洞を最奥まで犯してくる男のものがついさっきまでは苦しいだけだったのに、いまはもうすっかり感じてしまっている。散々嬲《なぶ》られ、敏感になったまま放置されていた乳首も、佐野の指でたっぷりと弄られた。左、右、と交互につまれながらフェラチオを強要され、じわっと痺れた快感が理性ばかりか身体中の骨まで蕩かしていく気がする。

「……ッ……」

背後の男が息を呑む気配が伝わってくる。膝が擦れて痛いほどに一層激しい腰遣いをされたうえ、性器に絡みつく指先も淫猥で、岡崎が堪えきれずに射精したのとほぼ同時に、熱いしぶきがねっとりと顔中に——そして身体の最奥へとたっぷりかけられた。

「あ……」

耳の奥に甘く響いたのは、誰の声だったのだろう。

灼《や》けるほどに熱い身体を抱きすくめる腕が、絡みつく指が、重なるくちびるから伝わる熱っぽい吐息が誰のものなのかもわからずに、岡崎の意識は淫蕩《いんとう》なぬかるみにゆっくりと沈んでいった。

衝撃的な事実をいつまでも覚えておくか。

それとも、『なにかの間違いだった』ときっぱり忘れるべきか。

ふたつしかない選択肢のあいだで岡崎が揺れた時間は、ほんのわずかなものだ。

——忘れよう。あんなことを覚えていたっていいことはひとつもない。佐野さんも幸村も、頭に血が上っていただけだ。ただ、それだけのことだ。

意識を切り替える早さには、自信がある。そういう能力がなかったら、誰もがトップに躍り出たいと躍起になる芸能界で、タレントを上手に操るマネージャーという職業を務められるはずがない。

　——まったく悩まない、と言ったら嘘になる。だからって、毎日思い出してどうなる。屈辱に苛《さいな》まれるだけで、俺自身が苦しいばかりじゃないか。だから、忘れろ。忘れるんだ。あのときはみんな、おかしくなっていたんだ。

　一週間も経つと荒れ狂っていたこころもようやく落ち着きを取り戻し、岡崎はいつもどおり冷静な顔で仕事を進めていた。

　意識の底では、いまだあの異常な交わりによる余韻がひたひたとさざ波を立てていたが、分刻みのスケジュールを消化していくうちにきっと忘れられる——絶対に忘れてみせると頑《かたく》なに誓っていた。

　幸村も佐野も『あの日』のことについてなにも言わないのが、不幸中の幸いだ。彼らがそれぞれ、胸の裡でなにを考えているかわからないが、そんなことでいちいち頭を悩ませても時間のむだでしかない。

　今日は、午後三時から幸村の雑誌撮影が入っている。前もって予定を言い渡しているが、遅刻魔の彼のことだ。真面目に時間どおりスタジオ入りしてくれるとは思えなかったので、岡崎みずから車で迎えに行くことにした。

「……麻布のマンションにひとり暮らしか。いい身分じゃないか」

　くわえ煙草でハンドルをさばき、ひとり呟いた。

数人のタレントを管理する立場として、個々のプライバシーに関してもかなりのチェックを入れていた。岡崎の持ち駒で問題児なのは女性タレントのユカと、やはり幸村だ。ユカの場合、業界内でも有名なほどの夜遊び好きで、翌日の仕事に支障をきたすことがたまにある。当然ながら岡崎は厳しく叱り、つい最近では、罰として、勝手に彼女が出かけられないよう車のキーを取り上げたばかりだ。だが、もてる彼女のことだから、『どこかに出かけたいの』と言えば多くの男が競って迎えに来てくれるだろう。そのあたりも見越して、『今度もし、仕事に支障をきたすことがあったら、三か月の謹慎にする』と言い渡したところ、さすがにユカも神妙な顔をし、最近では仕事が終わると真面目に家に帰っているようだ。

一方、幸村はどうかというと、大勢と群れるのが好きじゃないらしく、モデル仲間ともほとんど親しくないようだ。へたにつるんで厄介事を引き起こされるよりはましだが、彼の欲望がまっすぐ自分へと向かっていることを思い出すと、どうにも頭が痛い。

——もう忘れろ。あれは夢だったとでも思えばいい。

油断すると、意識が『あの日』に戻ってしまいそうになるのをなんとか堪え、マンションに向かう途中、旨いと評判のベーカリーに立ち寄り、できたてのクロックムッシュとアイスコーヒーを買った。

幸村のマンションに着き、オートロック式の玄関で何度かチャイムを鳴らしたが応答がない。ため息をつき、岡崎は事前にもらっていた合い鍵を使って入った。

『おまえは時間にルーズなんだから、合い鍵を作って俺に渡せ。仕事がある日は迎えに行く』

彼の担当になった直後にそう言い渡し、実際に鍵を使うのは今日が初めてだ。

「幸村、まだ寝てるのか？」

合い鍵を使ってずかずかと室内に入り、寝室と思《おぼ》しき部屋の扉を開いた。

「なに……岡崎さん……？」

「起きろ。三時には世田谷のスタジオに入る予定だろう」

遮光カーテンを引いた薄暗い部屋の中、ベッドでむくりと大きな影が起き上がる。

「なんだよ、もうちょっと寝かせてくれたっていいじゃん……」

ボクサーパンツ一枚の格好の幸村が寝ぼけた声で目元を擦り、またもベッドにもぐり込もうとするのをむりやり引きずり起こした。

「シャワーを浴びて頭をすっきりさせてこい。食べる物も買ってきたから」

「……わかったよ」

不承不承ながらもベッドから下り立つ幸村は大きく伸びをし、浴室へと向かう。

そのあいだ、岡崎は五月の陽射しがまぶしく入るリビングで、ふたり分のクロックムッシュとアイスコーヒーをローテーブルに並べていた。

ひとり暮らしにしては広々とした部屋で、ロケーションもいい。第一、麻布という一等地に建つ頑丈なセキュリティ付きマンションだ。学生が住むには分不相応すぎる。

シャワーを浴び、ワッフル地のガウンを羽織って頭をがしがしと拭いながらリビングに入ってきた男に、「ずいぶんといいところに住んでるんだな」と言うと、タオルの影からのぞく目がにやりと笑う。

「まあな。うち、金だけには困ってねえから。岡崎さんにはまだ言ってなかったっけか。俺の親父、代議士なんだよ。ただし、妾《めかけ》の子どもだから正式に認められてねえけど」

言いながらソファにふんぞり返る男は慣れた仕草で煙草に火を点け、天井に向かってふぅっと白い煙を吐く。

その堂々たる姿に、なるほどな、と頷いた。二十一歳の若さで、これだけの存在感を誇るのは特異な出自のせいだ。

「お母さんはどんな方なんだ」

「銀座のクラブ経営者だよ。あんたでも、きっと知ってる店」

店の名前を聞けば、超一流として知られる老舗《しにせ》クラブだ。岡崎自身はまだ行ったことがないが、芸能界でも大物クラスやプロダクションの社長が通うハイクラスの店だ。

「うちのお袋、女だてらに商才がめちゃくちゃあってさ。ツラのよさと頭の回転のよさで親父をたらし込んだ結果が、俺。なあ、それよりこれ、食っていいの？」

「ああ」

床に座り、旨そうにクロックムッシュを頬張る幸村の横顔には庶子として育ったという憂いの影もない。

「お父さんは代議士だということだが……」

「名前、知りたい？　言ってもいいけど、知ったら知ったで今後、俺がヤバいことに巻き込まれても守ってくれよな。かなりのレベルでの極秘情報なんだからさ」

「俺はＳＰじゃないんだが」

まだ食べ足りなさそうな顔をしている幸村に、自分の分のクロックムッシュを押し出すと、「サンキュ」と精悍な顔がほころぶ。

こうしていれば、そこらの若者となんら変わりない。確かに見た目は抜群だが、内側に持っているのは年相応の感覚だ。

綺麗に食べ終えた幸村は、アイスコーヒーのカップをゆらゆら揺らしながら、またも煙草に火を点ける。

「そのうち、煙草もやめてもらうからな。肌が荒れたモデルなんか見たくもない」

「だったら、いますぐにだって辞めてやるよ」

憎まれ口を叩きながらも、幸村のそれは笑い混じりだ。本気で言い合いをするつもりはないのだろう。

「民心党の内山和夫《うちやまかずお》って知ってるか」

「ああ、確かまだ四十代後半の若さなのに、次期総理候補と名高いひとだろう。……まさか、おまえの父親っていうのは……」

「そう、内山が俺の親父。世間にはまだ一度もバレてねえよ。俺の幸村ってのは、お袋の姓なんだ」

あっさり頷かれて、唖然としてしまった。与党の最大勢力と言われる民心党に所属する内山は、不況を打ち砕こうとする力強い独自の理論を持ち、つねにクリーンなイメージを貫いてきた人物だ。がっしりした体軀と爽やかな笑顔に、声援を送る者も数多い。

親の七光りで軽く政界入りする者が増えてきた時代の中で、内山は地元密着型で庶民の考えを大事にし、ほとんど自力でいまの地位を築いてきたと言ってもいい。

内山はいまどき、めずらしいぐらい頭の切れる、真っ当な政治家だ。それだけに支持者も多く、いずれは総理大臣になるだろうと噂されているのだが、まさか幸村のような隠し子がいたとは誰も知らないはずだ。

「ほんとうに……おまえがあのひとの子どもなのか？　でも、内山議員には正妻も嫡子もいたはずだよな」

「そりゃいるだろうよ。だから、言っただろ。俺のお袋のほうが親父をこましたんだって。親父も表じゃくそ真面目な顔してるけどよ、ああ見えて相当の女好きなんだ。だから、俺のお袋の手《て》練手管《れんてくだ》にまんまと引っかかったんだよ。とはいっても、俺の存在を認めるわけじゃねえんだよな。親父も親父で清廉潔白《せいれんけっぱく》なイメージを守るのに必死なんだけどさ、裏に回れば相当あざといこともしてるんだぜ。内緒だけどよ、ある大企業から極秘裏に選挙用の資金提供を受けてるって話を耳に挟んだこともある。あと、若い女にもめちゃくちゃ弱いんだよなぁ」

「ほんとうか？」

「間違いねえよ。ちょっと前に、お袋から聞いたんだ。定期的に、極上の女をあてがってやってるんだとさ。銀座のクラブを経営しているから、いい女には困らねえんだよ」

それじゃ売春行為じゃないか、と言いたいが、幸村に文句を言うのは筋違いだろう。

「おまえとお母さんには交流があるのか」

「一年に二度、三度。お袋にとっちゃ、俺って存在は親父を牛耳《ぎゅうじ》る格好のエサなんだよ。政治家と懇意になりゃ、店に入ってくる客の層が格段に変わるし、売り上げだって桁違《けたちが》いだろ。それにも増して、うちのお袋ってのは権力好きだからな。裏で親父を転がしてんのが楽しいんだろうよ」

ふっと煙を吐く仕草が堂に入っている。

「だが……」

潔白な印象が強かった内山議員の裏の顔を知ってしまい、ある程度のショックを受けたが、それより問題なのはやはり幸村の存在だ。

父親に認められない庶子という身分で、母親は政界にも顔が利く銀座のクラブ経営者。うまいこと筋書きを立てれば、親の愛情に恵まれずに育ってきたという涙もののエピソードをつけ加えられるだろうが、麻布の高級マンションに住み、裕福な暮らしを存分に享受しているいまの幸村では、世間の同情を誘える感じではない。

貧しさとはまるで無縁で、謙虚という言葉も知らないような若い男の出自がいつか世間にばれて、致命的なダメージを受けるのだけは避けたい。

もしもそうなったら、父親である内山は代議士という立場上、スキャンダルは全面的に否定するだろうし、母親も自分にだけは被害が及ばないよう計算ずくで動くだろう。

――だとしたら、幸村だけがひとり取り残される。

「……まったく、とんでもない秘密を隠してたもんだな。スカウトされたとき、そのあたりはうまく隠したのか」

「当たり前だろ。親父が内山議員で、お袋は銀座のクラブ経営者だなんて正直に言ったところで、誰が信じるんだよ。親父にはこれまでに一度しか会ってねえし、お袋にだって固く口止めされてんだよ。……これを話したのは、岡崎さん、あんたが初めてなんだ」

ぼそりと呟く声に、かすかな寂しさを聞き取ったのは間違いだろうか。

彼の父親、母親どちらにも会ったことはないが、たぶん、両方のいいところを譲り受けたのだろう。日本人離れした長身に、アッシュブロンドという派手なヘアスタイルがしっくり似合う男らしい相貌は、まさに血統書付きの獣だ。

――この先、彼のプライベートを隠し続けていくことも頭に入れておかなければ。政治家とクラブママのあいだにできた子どもという事実は、いまの幸村の立場を不安定にさせるだけだ。

しかめ面の岡崎が抱える懸念を、幸村は自分の都合のいいように受け取ったようだ。逞しい身体に似つかわしくないほどしなやかな動きで、するりと身体を寄せてくる。

「んなに困った顔すんなよ。ばれる心配なんかねえって。そのへんはうちのお袋のほうがずっとうまくやるよ」

「でも、万が一ということもあるだろう」

「そのときはそのときだろ。いまからどうこう考えたってしょうがねえって。……なあ、それよりもさ、俺、あんたを抱きたい。このあいだは佐野がいたせいで3Pになっちまったけど、俺、ほんとうに岡崎さんを独り占めにしたいんだよ」

食欲が満たされた次は性欲か、と思うと呆れて笑えもしない。

きつく抱き締めてくる男は、『親なんかどうでもいいって』と強がっているが、幼い頃から裕福な暮らしを与えられても、愛情そのものはまったくもらえなかったのだろう。

――だから、俺みたいに世話を焼く相手にすがりつくのか。

「いい加減にしろ。おまえは勘違いしてるんだ。一日中そばにいて面倒を見てくれるなら誰でもいいんだろう」

「んなわけねえよ。岡崎さんだけは特別なんだよ。――最初に見たときから、手強そうなあんたしか目に入らかった。こういうひとを抱いたらどれだけ乱れてくれるのか、本気にさせるにはどうしたらいいかって考えながら、何度も自分で抜いたよ。……でも、現実はもっと凄かったよな。

俺に突っ込まれてよがってる岡崎さん、スゲエいい顔してた」

「幸村！」

怒りに任せて胸を押しのけようとしたが、相手のほうが素早く押さえ込んできてくちびるをふさいでくる。

「……ん……ッ」

幸村のキスは、いつも唐突だ。顎を押し上げ、とろりとした唾液《だえき》を交わして岡崎が苦しさのあまり喉を鳴らして飲み込むまで手をゆるめず、淫猥にスラックスのジッパーを下ろしていく。ジリッと金属の噛む音におののき、「仕事に遅れるだろうが！」と怒鳴って頭を押しのけようとしたが、無意味だ。鍛えた男に全力でのしかかられると、胸が押し潰されそうだ。

やわやわと性器を握られ、擦られていくうちに、くっきりとした欲望の形になってしまうのが自分でも悔しいが、仕方ない。男の身体は、そういうふうにできているのだと納得するしかない。

「……ッく……」

明るい陽が射し込む部屋で組み敷かれ、性器だけを剝き出しにさせられてぐちゅぐちゅと舐めしゃぶられた。

――一度でも、こういうことをすると度胸がつくんだろうか。

このあいだよりもさらに大胆な幸村の口淫に、どうしても息が乱れてしまう。熱い舌でくるみ込まれると、無意識に腰がよじれる。

くぷ、ちゅぷっ、と跳ねる音に幸村は笑い、「岡崎さんのここ、スゲエやらしい」と言いながら舌先をわざと見せて、敏感な割れ目をつつく。そのままぐぷっと奥まで頬張られ、いちばん弱いくびれのところを何度もしつこく舐められた。

フェラチオをされて感じてしまうのはしょうがないとしても、自分からねだるなんてもってのほかだ。ねっとりと竿に巻き付く舌が上下し、「……あ」と声がこぼれたのと同時に、幸村の舌遣いはますます激しくなっていく。

むしゃぶりつく、というのが当たっている口淫に追い詰められ、岡崎は我慢に我慢を重ねた最後に、掠れた吐息とともにどくんと身体を波立たせた。

つい一週間前、ふたりがかりで散々嬲られたくせに、またも感じてしまった自分の敏感さが嫌でたまらなかった。

「……っは……」

岡崎の射精は長く放埒《ほうらつ》で、それを厭《いと》うことなく飲み尽くし、少しずつやわらかくなっていく性器に頬擦りまでする幸村は、まるで犬みたいだ。見た目はいいけれど、しつけもなにもあったものじゃない大型犬は、岡崎とのセックスだけをエサにしたいらしい。

——俺を快感で縛り付けようとしているんだろうか。ばかばかしい、そんなことできるはずがないのに。

絶頂に達した余韻が身体のあちこちに残り、手足が痺れてうまく動かない。汗ばんだ額や髪を撫でてくる男を無視し、岡崎は乱れて窮屈にまとわりつくネクタイを引っ張った。せっかくきちんとした格好をしていたのに、幸村のせいで台無しだ。

「……重いから、どけ」

「そんなこと言うなよ。まだ、時間あるだろ。もうちょっとやろうぜ。俺、岡崎さんの中に挿れたいしさ。このあいだは佐野が邪魔だったし……」

「ばか言うな！　これ以上やったらいい加減クビにするぞ！」

さすがに頭に来て怒鳴り散らすと、幸村は「しょうがねえな」と苦笑いして離れる。

「じゃ、また今度時間あるときにな。佐野は絶対に抜きで」

「……誰がいつ、おまえと寝ると約束したんだ」

「べつに？　こんなのに約束なんかねえだろ。隙がありゃいつでも押し倒してやる」

傲慢《ごうまん》なことを言い放つ男のどこをどうやったら、もっとちゃんと言うことを聞かせられるんだろうか。

思いどおりに彼を制御できないおのれをなじりながら、浴室を借りてシャワーを浴びたところで、とにかく気分を切り替えることにした。

ここから、世田谷のスタジオまで小一時間かかる。今日の雑誌撮影は幸村がメインだが、ほかのスタッフよりも早く着いていたい。幸村自身の横柄な性格で現場がギスギスするのはある程度仕方ないとしても、遅刻だけは絶対に嫌だ。

「まだ髪をセットしてねえんだけど」

「向こうでメイクさんに任せろ」

幸村を急かして車に乗せ、スタジオに向かった。

混雑する道路をすり抜け、閑静な住宅街の中にある古びた洋館が、今日使うスタジオだ。大正時代に建てられたというモダンなデザインの洋館は丁寧にリフォームされ、ファッション誌の撮影でとくに人気が高い。

今日は首尾よく、一番乗りできた。近くのパーキングに車を停めてスタジオに入り、次々やってくるスタッフやモデルたちに挨拶した。

いまいちばん売れていると言われる男性ファッション誌で、幸村がメインに扱われるようになったのは自分が担当についてからだ。もちろん、それまでにも何度か顔出ししていたが、本人のやる気のなさも手伝って、「その他大勢」の位置からなかなか抜け出せないでいた。だが、読者の目というのは正直だ。メインを飾るモデルよりも、端にいる幸村の骨太さに惹かれ、読者の中心層である二十代の男性だけでなく、女性読者からも、「幸村くんをもっと載せてください」と要望が寄せられていたらしい。

その頃ちょうど、岡崎が幸村の担当になったこともあって、「うちの幸村にもう少しページを割《さ》いてやってもらえませんか」と打診してみたところ、相手も、「じつは、幸村くんをもっと出してほしいってアンケートが凄いんですよ」と笑顔で了承してくれたというわけだ。

——結局、幸村自身がちゃんとした力を持っているという証拠だ。本人さえその気になればどんな高みだって望めるはずなのに、そういう奴にかぎってがつがつ仕事をしようとしない。

現役時代、顔はよくても強い個性に欠けていたと自認する岡崎からしてみれば、ほんとうに腹が立つ話だ。

ともあれ、「その他大勢」から脱した幸村は、いまやどこのスタジオでも個人のメイクルームが与えられるようになった。今日も、腕利きと評判の男性ヘアメイクに髪や顔をいじってもらっているあいだ、岡崎は三階まで吹き抜けになっているスタジオの隅でコーヒーを飲みながら、にこやかな笑顔を絶やさず、編集者と言葉を交わしていた。

——幸村は雑誌モデルで終わるような奴じゃない。ストップショットも決まるが、あいつのよさをいちばん強く引き出せるのは、絶対に映画だ。

そんなことを考えていたとき、スタジオの入口が妙にざわついていることに気づいた。

「なんだ？　誰か遅れて来たのか？」

編集者が不思議そうに振り向くと、年若の男性アシスタントが慌てた顔で駆け寄ってくる。

「映画監督の佐野さんがいらっしゃいました」

「佐野さんが？　なんで、どうしてまた」

仰天する編集者のそばで、岡崎も少なからず青ざめていた。

「ちょっと撮影風景を見たいからって……お通ししてもいいですか？」

「当たり前だ。すぐこちらへご案内しなさい」

めったに表に出てこない佐野の来訪を告げられ、編集者はひどく驚いた様子だ。アシスタントを追い立て、緊張した面持ちで岡崎に訊ねてくる。

「どうして佐野監督がうちの現場にいらっしゃるんでしょうね」

「さあ、風変わりな監督だという話ですから……こういうことは結構あるんじゃないですか」

「でも、かなりメディアを敬遠されている方じゃないですか。なんとかインタビューは取れても、顔出しはほとんどされませんし。もしかして、今日のモデルの中に気になる人物でもいるのかな。次回作に使いたいとか……あ、幸村くんとか、いいんじゃないですかね。最近、どんどん洗練されてきたし。もともと演技力もある子でしょう。このへんで大きな作品に出られれば……」

興奮しきっている編集者とは対照的に、岡崎は努めて冷静な顔を保っていた。

――あの佐野さんが、なんの理由もなしにスタジオを訪れるはずがない。幸村と俺がいるから、来たんだ。間違いない。

「やあ、突然すみません。お邪魔して悪いね」

ほとんど外に顔を出さないと言っても、やはり佐野のまとう空気は違う。上質のオフホワイトのリネンスーツを身につけ、ネクタイは理知的なシルバーだ。黙っていれば硬質な雰囲気が滲み出し近づきがたいだろうが、穏やかに微笑んでいることで、緊張しきっていた周囲の人間も一様にほっとしたようだ。

モデルとして雑誌の表紙を飾ってもおかしくないぐらいの容姿と圧倒的な風格に、数えきれないほど美しい容姿を誇るタレントたちを見てきたはずの編集者はいささかかしこまった様子で、名刺を渡している。

「今日はどのようなご用件でいらっしゃったのですか」

「いまちょうど、次回作の構想を練っている最中なんだが、いいタレントがいたらいいなと思ってね。アポなしで悪いと思ったんだが、こちらの雑誌さんはかなりいいクラスのモデルやタレントを扱うと聞いていたから」

「ありがとうございます。よろしければ、こちらのお席にどうぞ」

編集者の誘いに鷹揚に頷く佐野と目が合い、岡崎は内心ため息をつきながら、「お世話になっております」と小声で呟いた。そのことにいち早く気づいた編集者が、「お知り合いですか？」と興味深げな顔で聞いてきたので、「ええ、まあ」と言葉少なに答えた。

幸村が佐野の次回作の主演を務めるというのは、まだ内輪だけの話で、プロダクション内でもトップシークレット扱いだ。

いまさら悔いても仕方ないが、幸村をどんなふうに売り出そうかと模索したとき、『映画に出してやるのがいちばん目立つんじゃないだろうか』と考えたところまではべつに問題なかった。だが、そのターゲットを佐野にしたのが大きな間違いだったのだ。

——彼ばかりか、幸村までも俺を征服しようと躍起になっている。まったく、冗談じゃない。

編集者は、プライベートがほとんど明かされていない映画監督と、岡崎がどういう経緯で知り合ったのか聞きたそうな素振りをしていたが、そうこうするうちに、カメラマンの「そろそろ始めようか」という声がスタジオ中に響き渡った。

「佐野さん、どうぞゆっくりしていらしてください。なにかあれば遠慮なくお訊ねください」

「ありがとう」

スタジオ全体を見回せる場所に置かれた椅子《いす》に腰掛ける男が、一週間前、同性の自分を相手に異常な快感にふけっていたのだと思うと、なにが嘘で、なにが正しいのか自分でもよくわからなくなってくる。

自分が冷静でいられるのは、意志の力が人並み以上に強いからだと岡崎自身、よくわかっている。モデルとして、被写体としての個性に乏《とぼ》しかったとしても、トラブルが起こっても感情を殺し、醒《さ》めた意識で次にどうすべきか考える能力に長《た》けていたから、マネージャー業がうまくいっているのだ。

——俺にはひとを見抜く目があるはずだ。どう操ればいいかという判断も速いほうだ。だが、このひとと幸村に関してはそれがなかなかうまくいかない。どうすれば、彼らを俺の思いどおりに動かせる？

不遜な考えをちらりとも顔に出さず、岡崎はスタッフ用に用意されたコーヒーを淹れて佐野に出してやった。

「どうしてここにいらっしゃったんですか」

「幸村くんの〝キョウ〟としてのイメージをありとあらゆる角度から掴んでおきたくてね。彼が普段、どんな顔で仕事に挑んでるか一度見たかったんだ」

返ってきた言葉はしごく真っ当なものだが、いかにも裏がありそうで、素直に、「そうですか」と頷けない。

しばらくのあいだ、岡崎も佐野も黙っていた。スタジオの中央には猫足のしゃれた横長のソファが置かれ、深い緑のベルベットが品のある艶を出すよう、スタッフたちがライトの角度を調整している。そこに幸村の代わりのテストモデルが立ち、カメラマンの指示どおりに前に出たり、うしろへ下がったり、立ち位置を確認していた。

「ああ、幸村くんだ」

佐野の楽しげな声に振り向くと、斜め向かいにある部屋の扉が開き、シックなブラックスーツに身を固めた幸村が姿を現す。その目がすっと険しくなったのは、佐野が来ていることを一目で知ったからだろう。

若い男を睨み据え、ここが仕事の場だということを無言のうちに伝えなければ、幸村はいまにも飛びかかってきそうな勢いだ。

挑発的な視線をしたまま、テストモデルが立っていた場所に幸村がジャケットの襟を正しながら立つと、それまで単なるお飾りに見えていたアンティークのソファまで艶めくような輝きを取り戻したように見える。

「……さすがだね。いまの彼は向かうところ敵なしといった感じかな。一か月前のグラビアより、ずっといい顔をしている」

感嘆したふうな佐野の声に嘘はないようだ。岡崎も、内心では同じ気持ちだった。

以前から、強いコアを持っている男だと思っていたが、自分が担当についてからの一か月で、ここまで様変わりするとは思っていなかった。

——それにはやっぱり、俺とのことがあるせいか。

佐野を交えたこのあいだのこと、それからついさっきのことをはっきりと思い出して再び強い屈辱に見舞われる前に、砂糖を入れない苦み走ったコーヒーを一気に飲み干した。

「幸村くん、ちょっと上向き加減にしてみて。……そう、そんな感じ。視線は斜な感じで、少しずつ襟元を崩していってみようか」

カメラマンの指示に従い、うつむいていた幸村が髪をかき上げながら顎をしゃくると、強いライトが彼の彫りの深い顔にはっきりとした陰影を刻み、なんとも言えない男の色香をかもし出す。

「……スゴイ、今日の幸村くん、かなりいいねぇ」

「これじゃ他のモデルが霞《かす》むよ。いままでも結構よかったけど、いよいよ幸村くんの本領発揮ってところかな」

スタイリストやヘアメイクたちの笑い混じりの小声が、岡崎たちのもとにも届く。

「彼らの言うとおり、幸村くんの真価ってものはこれからが見せ場だよ。……でも、きみだって負けちゃいなかったね、岡崎くん。きみみたいに冷徹な顔をした男が、ふたりがかりで犯されてどうしようもなく乱れるってことを、もしこのスタジオにいる奴らが知ったらどういう顔をするんだろうね？」

「……やめてください！　あれは——なにかの間違いだったんだ」

佐野の低い声はいともさりげないものだけに、事実の重みがよけいに胸に響き、岡崎は歯噛みするほかなかった。幸村のようにいつ力任せに押し倒してくるかわからないのも怖いが、佐野の計算され尽くした自然体での言動は、また違った意味で怖い。

「いいや、間違いでもなんでもないよ。きみだって最後にはよがり狂ってたじゃないか。前もうしろも僕らに責められて、犬みたいな格好で何度も射精しただろう」

卑猥《ひわい》すぎる囁き声に、身体中が熱くなる。いますぐにも、佐野のそばを離れたい。だが、カメラマンや大勢のスタッフたちが、まばゆいライトを弾いて次々にシャツのボタンをはずして艶めく肌を露出していく幸村を真剣に追っている状況のなか、少しでもおかしな行動をしてしまったら全員の注目を集めてしまう。

「ほら、見てごらん。幸村くんがこっちを睨んでる。僕らが気になって仕方ないみたいだね」

肘《ひじ》でつついてくる佐野の言うとおり、幸村はポーズを取りながらも乱れた前髪のあいだから鋭い視線で射抜いてくる。

「彼があんなふうに色気を滲ませるのは、間違いなくきみを抱いたせいだね」

幸村の鮮やかな動きがどれだけ刺激的で、きわどいものか。スタジオ中の人間が幸村の一挙一動に見惚れ、息を吞み、ネクタイを乱暴にむしり取った場面ではカメラのシャッター音が連続して鳴り響いた。

「オッケー！　それじゃ、衣装チェンジがてら、ちょっと休憩を入れよう」

カメラマンの明るい声にぎりぎりまで高まっていた緊迫感が破られ、あちこちで笑い声が弾ける。

「ホント、今日はマジで幸村くんに見惚れたよ」

「こうなったら、今度は連続で表紙に出てもらうか。いまの彼、誰よりもいい顔してるよ」

「野性味があって、男も女も思わずぐらっとくる表情を見せるよねぇ」

「たまに寂しそうな顔を見せるときもあるじゃない？　あれもいいよ」

称賛の声が飛び交うなか、だが幸村はさっさと個室に入り、ヘアメイクを追い出した代わりに扉の陰から岡崎たちに向かって、「ちょっと」と手招きをする。

「どうしたんだ」

岡崎と佐野が部屋に入ったとたん、バスローブを軽く羽織った幸村が扉を閉めて腕を組む。短時間の撮影でも体力、気力を使うのだろう。汗ばんだ逞しい胸がバスローブの合わせからちらりと見え、岡崎はいたたまれない思いで顔をそらした。

彼が自分を欲しがっていることは、もうよくわかっている。そのことにどういう答えを返すつもりもないが、間違ってもみずから『商品』に欲情するはずがない。

沈黙が支配する個室で、手強い佐野と幸村ふたりの視線を浴び、身体の奥底からじりじりと炙《あぶ》られるような不可思議な感覚が湧《わ》き上がってくる。

危うい均衡を破ったのは、幸村だ。

「いい加減、このひとから手を引けよ。岡崎さんは俺のマネージャーなんだよ」

「だから？　岡崎くんはきみという商品を、僕を含め大勢の人間に売り渡す仲介役だろう。けっしてきみだけのものというわけじゃないと思うがね。それに岡崎くん、きみ自身、幸村くんをマネージメントしているからと言って、身体まで捧げたわけじゃないだろう。それ以前に、僕らは約束したはずだ。映画の撮影が終わるまで、岡崎くんは僕の欲を満たすようにって」

「佐野さん、それは……」

「どうなんだよ。あんた、本気で佐野さんの言うことを聞くつもりか？」

ふたりに詰め寄られ、答えに窮してしまったが、ここでまた怯んだらこのあいだの二の舞だ。

「待てよ、ふたりとも頭を冷やせ」

佐野のほうが格上だとしても、いまこの場では乱れた言葉遣いを気にしている余裕はない。

ぐっと腹の底に力を込め、ふたりを見据えた。

「俺は——もともと仕事のために幸村を売り出したいだけで、それ以上の感情はない。佐野さんの欲を満たせる器でもない。俺は、いい仕事をしたいだけだ」

きっぱりとした拒絶の言葉に、幸村の厳しい目元にさっと仄暗《ほのぐら》い影が差した。

瞼を伏せ、下くちびるを噛む男の横で、佐野はちょっと肩をすくめただけだ。

強く言いすぎただろうか。だが、いまここではっきりと突き放しておかなければ、これから先もずっと、ふたりの荒っぽい行動に悩まされそうだ。

「……もういい、出てけよ。撮影後も俺ひとりで帰る」

「幸村」

「いいからもう出てけって。ヘアメイクを呼べよ。時間押してるし」

ぶっきらぼうに言い捨てる幸村はとりつくしまもない。ヘアメイクが慌てて部屋に駆け込み、固く閉じる扉を岡崎はただ黙って見ているしかなかった。

――もう少し、ほかに言い方があったんじゃないのか？　マネージャーの俺が『商品』の機嫌を損ねてどうするんだ。うまく飼い慣らさなければいけないのに、その方法が見つからない。

上手に飼い慣らすエサが、いまのところ自分の身体しかないというのも苛立ちのもとだ。そんなものでタレントたちの機嫌を取っていたら、それこそ身体がいくつあっても足りない。

特殊な環境に生まれ、誰もが羨《うらや》むものを与えられて育ってきた幸村は、一見誰よりもタフに見えて、そのじつ空虚なこころを持てあましているのだろう。彼が住んでいる部屋と同じで、いくら広くて綺麗でも、心から満たされているわけではない。

「彼の父親はあの内山代議士で、母親は銀座のクラブを経営しているんだってね。そういう環境で育ってきたんじゃ、精神的にどこか幼い部分が残ってもしょうがないだろう」

「……佐野さん、幸村のプライベートをご存じなんですか」

雑然としたスタジオの端を歩きながら聞くと、「まあね」と返ってきた。

「彼を次回作に起用すると決めたときから、さまざまな手段を使っておおよそのことは調べ上げた。もちろん、きみに対する気持ちも本物だよ。最初はたぶん一目惚れ、つきっきりで世話してくれるきみにずっとそばにいてほしいんだろうと思うよ」

「そう言われましても……」

ほんとうに困る、という想いが顔に出ていたのだろう。

自分のプライベートを潰してまでひたすらタレントに尽くすのは、それが自分という人間を支える仕事だからだ。

手塩にかけたタレントが自分の計算どおりに動き、売れていくのが見たい。その一心で、岡崎はこの仕事に没頭している。『人間』という鮮度に限界がある商品を、どういうタイミングで市場に出すか。いかに人気タレントとしての寿命を延ばすか。ときにはでっちあげのスキャンダルも交えて、幸村が時代のアイコンとなってくれればそれでいい。

――なのに、それ以上のことを求められても俺はほんとうに困るんだ。

黙り込む岡崎に、佐野は苦笑いしながら、「帰ろうか」と言ってきた。

「幸村くんはひとりで帰ると言ってたし、僕としてはもう少し、映画の件についてきみと事前に掘り下げておきたい」

「……わかりました」

幸村も子どもじゃないのだから、ひとりで帰れるだろう。荒れた気分をなだめるためにどこかクラブにでも寄って、憂さを晴らすかもしれないが、佐野作品の主演を務めると自認しているいま、不祥事を起こすところまではさすがにいかないだろう。

もやもやした気分を抱えたまま、岡崎は佐野を助手席に乗せて彼のオフィスへと向かった。

もう何度か訪れた佐野のオフィスは、いつ来ても誰もいない。佐野を満足させるために誂《あつら》えられた室内に置かれている調度品は、どれもスタイリッシュなデザインで、むだというものが一切ない。

オフィス権住居と以前聞いたが、ここにはありふれた生活臭さがない。佐野を見ても、彼が好んで家事をこなすようには思えなかった。

「ハウスキーパーでも雇ってらっしゃるんですか」

埃《ほこり》ひとつ落ちていない床に、佐野は「そうだよ」とさらりと言う。

「食事も外ですませてしまうことが多いね。ここでは、仕事するか寝るかのどちらかしかないかな」

まさに、彼の極端な性格を表したようなライフスタイルだ。

――セックスか、仕事か。

どちらに対しても濃密につき合う佐野と向かい合わせに座り、淹れたてのコーヒーを飲んだ。スタジオで出されるものとはまったく違い、深く豊かな味わいにつかの間、意識をゆるめた。彼とふたりきりという状況下にあって緊張しないはずがないのだが、始終気を張っているというのにもむりがある。

しばし、互いに今後のスケジュールを確認し合った。脚本は夏前に上がり、クランク・インはその直後を予定しているという。

「その前後に、制作発表会があると思う。それまでは、幸村くんを主役に据えるという案は絶対に内密にしてくれ。ほかのキャストにもそう伝えてある。事前に漏れてしまうと、宣伝効果が薄れるんでね」

「了解しました」

頷く岡崎を前に、ゆったりと足を組む佐野が煙草に火を点ける。荒々しさが残る幸村とは違い、たっぷりと時間をかけて洗練された大人の仕草だ。

「そうそう、幸村くんの素行を調べているうちに、いくつか気になることを耳にしたんだ。一応、マネージャーのきみにも伝えておこう。彼がきみのところのプロダクションに入る直前かな。とあるクラブで顔だったらしくて、かなり派手に遊んでいた時期があったらしい。誰彼構わずにセックスしていたっていう噂もあったし、違法すれすれの薬にも手を出したことがあるようだよ」

「ほんとうですか」

「古いつき合いのある雑誌記者から聞いたから、たぶん間違いないだろう。薬は当時つき合ってた仲間にむりやり勧められたらしくて、みずから好んでやったわけじゃないようだ。実際、それ以後そういう話はまったく出ていないらしいからね。ただ、雑誌記者のほうはいつかこのネタをすっぱ抜きたいと考えているようだったから、なんとか僕のほうで封じ込めておいた。制作発表会と前後して、もしこのネタが世間に出回ったら僕の映画にも泥がつく」

「ご迷惑をおかけしてほんとうに申し訳ありません」

思わず、深々と頭を下げた。

スカウト以前のことまではさすがに考えが及んでいなかったが、あの幸村のことだ。黙っていても見栄《みば》えする男に群がる者は数知れないだろうし、間違った好奇心にそそのかされてリスクがある薬に手を出していてもおかしくない。

「ま、この程度のことはよくあることだよ。問題なのはこの先だ。今後ますます成長していくだろう幸村くんを、きみがどう手懐けていくか見物だね」

他人事《ひとごと》のように笑う佐野を憎めるものなら徹底的に憎みたいのだが、なぜかそうすることができないのはどうしてなのだろう。

――この部屋のせいかもしれない。生活感がなくて、人気もない部屋は、幸村と似ている。見た目はよくても、内側に虚ろなものを抱えているところも。

曖昧な感じで笑う佐野が首を少し傾げて言った。

「どうしてなにも疑わずに、僕の部屋に来たんだ?」

「……仕事の話をするとおっしゃったじゃないですか」

「そうだね、確かにそうだ。だけど、ふたりきりになって僕がなにもしないできみを帰すと思うか?」

あっと掠れた声を上げた次の瞬間には、獰猛な気配を身にまとった佐野が素早く立ち上がり、もがく岡崎を力ずくで組み敷いていた。

佐野にしても、幸村にしても、こういうときのタイミングがまったく摑めない。たったいままで普通に話していた延長線上で淫らなことを仕掛けてくるから、いつも反撃が遅れてしまうのだ。

「佐野さん……!」

どんなに暴れても、佐野の手にかかると無力だ。シャツの前を開かれ、空気にさらされた皮膚がざわめく。岡崎が息を吸い込む瞬間を狙って、つぶらかな乳首をぎゅっときつくつまみ上げる男はいつも笑っている。

「……ッ……」

「ほんとうに、いつまで経ってもきみは強情でいいよ。たいていの奴はこのへんで屈するものだけどね。きみのその気の強さは極上だ」

懸命に声を上げまいとする岡崎の乳首をいやらしく舐め回し、ちいさな実が真っ赤に熟れたところをぐりぐりと指先でこね回す男は、やはり幸村とどこか似ている気がする。

「——ぁ……っ」

自分の快感は後回しにして、とにかく岡崎を追い詰める。幸村も佐野も、そのことだけが頭を占めているようだ。

——俺のどこに、そんなものを誘発させるなにかがあるっていうんだ。誰だって、同性にこんなことをされて喜ぶはずがない。悔しいから、感じていることを認めたくないと思うのは当たり前じゃないか。

ただ、そのプライドが岡崎の場合、世間一般と比べるとかなり強固なものなのだろう。だから、佐野も幸村もさまざまな手を尽くしてくるのだ。

獲物をひたすらむさぼる若い幸村と、精神的にも肉体的にも成熟した佐野がすることと、決定的に違うのは、時間だ。

幸村はただまっすぐに快感へと繋がる道を求めるが、佐野はわざと遠回りし、いま、岡崎自身がどんな状況に置かれて、どれだけ屈辱と快感を味わっているかを愉しむ。

乳首を徹底的に嬲るのも、そのうちのひとつだろう。

少し前まではほかの部位とほとんど変わらない色をしていたそこが深く色づき、ふっくらと腫《は》れ上がるまで念入りにつまみ、じっくりとねじったり、噛んだりした最後にきつく根元を吸い上げる。そこまでされると、さしもの岡崎も声を抑えきれず、汗だか涙だかわからないしずくがこめかみを流れ落ちていく。

じんじんと痺れるほどに乳首を愛撫《あいぶ》され、それだけでもう、下肢に熱が集まり始めていた。

感じていることは絶対に認めたくないが、身体は佐野と幸村たちのすることに速やかに応えるようになってしまっていた。

力の入らないままスラックスを脱がされ、ローションを塗りたくったローターをぐうっと奥深くに押し込まれた。ローターはコードレスらしい。いやらしい男の味を覚えてねっとりと潤む最奥を犯したままぶるぶると小刻みに振動し始め、頭の中が煮えたぎっていく。

ソファの縁をきつく摑んだ指の節を白くさせる岡崎の服装をきちんと直す佐野は、やはり笑顔だ。底知れぬ征服感を持つ男に抗いたくても、もはやそういう状況ではない。

「……っなんで……こんなこと……っ」

「このまま、幸村くんを迎えに行くんだ。――僕の欲を満たすという約束は最後まで守ってもらう。そうじゃなきゃ、いますぐにでも幸村くんを主役から降ろして、マスコミに彼の過去をぶちまけてやる」

「……くそ……っ!」

「どうしてここまで僕がきみに執心するか、わかるか?」

髪を摑み上げられ、あともう少しでくちびるが重なりそうな距離で、佐野が甘く囁く。彼と身体を繋げているわけじゃないのに、奥深くが熱く疼いてたまらず、油断すると喘いでしまいそうだ。

「きみは、みんなから一歩下がったところで、僕や幸村くんのような奴らを思いのまま動かしたいんだろう。そうじゃないのか？　表舞台に出て散々泥をかぶったりライトを浴びる代わりに、裏に回って僕らを上手に操りたいんだろう？」

「そんな……──」

図星を指されて絶句する岡崎の胸ポケットから携帯電話を取り出し、佐野は誰かに連絡をしている。

「ああ、幸村くん？　僕だ、佐野だよ。撮影はもう終わった？　そう、だったら、きみの大切な岡崎くんがスタジオまで迎えに行くってさ。やっぱりきみが心配でたまらないらしいよ」

一方的に電話を切り、佐野はよろける岡崎を立たせて戸口まで見送った。

「そのローターを自分で抜くか、幸村くんに取ってもらうか。矜持《きょうじ》の高いきみはどうするだろうね？」

全身が汗にまみれていた。佐野の声はねじれた愉悦に満ちていた。

こんな状態で幸村を迎えに行けと言うのか。そんなことがほんとうにできるのか。だが、もうそうするしかない。佐野が電話をかけてしまったことで、幸村は言い付けどおりスタジオで待っているだろう。

──商品管理を怠るな。目を離した隙に不祥事が起こったら、俺の責任だ。

勝手に身体の奥へ奥へともぐり込んでしまう異物感に歯を食いしばり、再び車のハンドルを握り、スタジオへと戻った。信号で停止するたびにどっと汗が噴き出し、――いますぐここで、自分の指でかき出そうかと思うほどに追い詰められていた。

正常な意識で考えれば、そんなことができるわけがない。夕方、行き交う車もひともいちばん混雑する時間帯に、はしたない真似を堂々とできるはずがないのだ。

陽が落ちかけたスタジオ前で、仏頂面の幸村が待っていた。

「早く乗れ」

幸村が無言で乗り込むなり、アクセルを踏んだ。

「なんだよ、なに急いでんだよ」

怒ったような顔で幸村がシートベルトを巻き付けているが、気にしていられるか。一刻も早く彼を自宅に送り届けたあとはすぐに自宅に帰り、『これ』を抜く。

だけど、自分ひとりでうまくできるかどうか、まったく自信がない。それ以上に、一向に止まらない快感をどうやってなだめたらいいのか。

ハンドルを強く握り締め、運転に集中しているつもりでも、アクセルやブレーキを踏むたびに、胸の奥からはぁっと熱っぽい吐息が漏れてしまい、幸村も変に思ったようだ。

「……どうしたんだよ。具合、悪いのか」

赤信号でブレーキをかけたとたん肩を摑まれ、全身が引きつるような快感が走り抜けた。

「放せ！」

弾かれたように手を払いのけた自分はもちろん、反応の大きさに幸村も驚いている。

だが、それ以上なにも言わなかった。ただ、値踏みするように目を細め、じろじろと全身を舐め回してくる男に、岡崎もひと言も口をきかなかった。

なんとか麻布のマンションに着き、幸村を下ろしてアクセルを踏もうとした岡崎の肩を、「あんたも下りるんだよ」と大きな手が掴んでくる。そこでしばし揉み合ったが、結局力に負けて、運転席から引きずり出された。

「やめろ、俺に触るな！」

廊下を引きずられながらも、大声で怒鳴る自分が自分じゃないように思えた。誰かが聞きつけて大騒ぎになるかもしれないのに、このときだけは幸村の手から逃れたくてたまらなかった。

ちいさく、とてもいやらしいもので、ずっと疼かされていることを知られたくなかったのだ。

めちゃくちゃに暴れる岡崎を部屋へと押し込み、寝室のベッドに突き倒して幸村がのしかかってくる。今日の昼間とはまったく違う凶暴さには、どうやっても勝てない。汗で濡れる身体からシャツを剝がされ、スラックスも引きずり下ろされ、全裸にさせられたところで身体をくまなく触られ、調べられて、恥辱のあまりに涙が滲んだ。

「……っぅ……！」

「……コレ、か」

窄まりに指を挿れられた瞬間、「——あ」と身体がのけぞった。

「ゆきむ、ら……っ」

「あいつに挿れられたのか？　黙ってやらせたのかよ」

これ以上暴れられないように両手をベッドの支柱に縛り付け、ローターを探り当てた幸村の声は怒気を孕み、濡れそぼって勃起する岡崎のペニスをゆるやかに扱く。

深い怒りに染まる声とは裏腹に、じわじわと追い詰めるやり方がいつもの彼らしくない。岡崎が苦しさと隣り合わせの快感の淵へと追いやられて身悶え、すすり泣いても、決定的な愛撫をせず、ただいたずらにペニスの先端のひくひくする割れ目を指で軽く擦って透明な液をつうっと垂らしたり、シャツに擦れて痛いほど感じすぎていた乳首を甘く舐め囓《かじ》るだけだ。

「いきたいんだろ？　いかせてって言ってみな」

「あ——う……っ」

いかせてほしい、頼むから、——ひと息に口走りそうになって、岡崎は死に物狂いで頭を振った。そんなことを口にしたら最後、一生、幸村の手の中で転がされる。

——絶対に屈するものか。

ぎりぎりのところで踏み止《とど》まり、男を睨んだ。すると、幸村はジーンズのヒップポケットから携帯電話を取り出す。

「……佐野さん？　あんた、岡崎さんになんてことするんだよ。めちゃくちゃによがってんじゃねえか。——あ？　ああ、ローター突っ込んだまま俺を迎えに来た。前もガチガチだよ。このあいだより濡れまくってる」

「幸村！」

はらわたが煮えくり返るような会話を打ち切り、幸村はこれまでに見たことがない不敵な笑みを浮かべて岡崎からすっと離れた。

「煮え切らないあんたが悪いんだよ。俺か、佐野さんかどっちか選べばいいのに」

「だから——俺は……っ」

「なあ、あんたにとって俺は大事な『商品』なんだろ？　……だったら俺の機嫌を損ねるようなことはするんじゃねえよ」

声の底辺にまぎれもない怒りを聞き取った。それから、隠しきれない孤独も。

幸村自身は認めないかもしれないが、佐野の言うとおり、埋めきれない寂しさを抱えているから、ここまで自分を求め、追い詰めるのだろう。

悶え苦しむ岡崎のそばで、幸村は煙草を吸い始めた。馴染みのある香りが敏感な身体にまとわりつく。ひくつく窄まりを見られたくなくて、だけど痛いほどに張り詰めている性器をさらすのも嫌で、ただもうどうしようもなく全身をよじらせるしかなかった。

「幸村……」

渇いた声で幸村を呼んだ。

このまま放置されてしまえば、いずれはプライドもなにもかもずたずたにされ、涙ながらに「いかせてほしい」と言わされるのかもしれない。

「いきたいなら、そう言えよ。あんたがいいって言うまでやってやる」

岡崎の痴態を見下ろす幸村の目は激情に燃え、少しの同情心も持ち合わせていないようだ。

やがて、部屋のチャイムが鳴り、佐野が姿を現した。

「佐野、さん……幸村……」

「思ったとおりだ。自分で抜けばよかったのに」

佐野の嘲笑《ちょうしょう》に、かっと頬が熱くなる。逃げたくても、両手がベッドの柱に縛り付けられていて逃げられない。

佐野と幸村がそれぞれ両脇に腰を下ろし、腫れぼったく潤み、ぬちゅりと音を響かせ続けるそこを大きく広げてのぞき込んできた。

「やめろ――やめてくれ！」

「なんでこんなに奥まで突っ込むんだよ。簡単に取れねえだろ」

「だったら、このままきみが挿れていかせてあげればいいじゃないか。それとも、岡崎くん自身に取ってもらおうか？　彼が僕らのどっちのものにもならないって言うなら、自分の始末ぐらい取れるだろう」

あまりにひどい言葉に、なすすべもない。火照る身体をねじり、うねらせ、腰から下が別人の

ものになってしまったみたいに熱くてたまらない。

幸村も、佐野も、岡崎自身の行動を待つことに決めたようだ。ふたりして好き好きに身体をまさぐってくるが、いちばん敏感な場所を避けるのが腹立たしい。

このままでは、ほんとうに気が狂いそうだ。ローターの単調な動きに責め抜かれ、異なった魅力を持つ男ふたりに視姦《しかん》され、勃ちきった性器からはぽたぽたと精液がこぼれ落ちていた。なにもされずにふたりが見ている前で達するぐらいなら、いっそ自分で抜いたほうがいい。そのあとどうなるかなんてことは、いまは考えられない。

「自分で……するから」

必死に頼み込むと、右手だけ自由にしてもらえた。

「ほんとうに自分でやれんのかよ。スゲエ奥まで挿ってんだぜ」

「できるって言ってるんだから、見守ってやろうじゃないか。ああ、そうだ。この場面を撮影しておこう。淫猥な岡崎くんをあとで何度も見返せるようにね」

小型のビデオカメラを向けられて真っ青になったが、もう後戻りはできない。

「見るな……頼むから……見ないでくれ……」

嗚咽混じりに呟き、自分のそこに少しずつ指を挿れていった。

ぬぷっ、と淫らな音を響かせる肉襞がおのれの指に淫蕩に絡み付くと、反動で身体が弓なりにしなる。それがどれだけ扇情的な格好か、岡崎は認識できなかった。

懸命に奥へともぐり込ませても、なかなかローターの先端が摑めない。

「マジかよ……岡崎さん、自分のケツに指突っ込んで感じてんだ？」

「ちが……っ」

狂的な光を宿した幸村がくちづけてきて、舌をきつく吸い上げてきた。唾液をとろとろと流し込んでくる男のキスはいつもより荒々しく、岡崎の理性を端から踏みしだいていく。

「ほら、もっと腰を振るんだ。淫乱なきみのすべてをフィルムに焼き付けてやる」

佐野の命令を受け入れるつもりなどないのに、身体は違う。ローターでいたぶられて疼きまくっていた肉襞を無意識にかき回し、何度もじゅくじゅくと指を抜き挿ししてしまうのを止められない。

やっとのことでローターをつまみ、何度かしくじったあげくに淫らな糸を引いてぽたりとシーツに落ちたそれを幸村が取り上げ、目の前に突きつけてくる。

「こんなもので感じてたんだぜ。岡崎さん、自分じゃわかってねえんだろうけど、ずっと喘いでたんだ。もう本物の男が欲しくてたまらねえんだろう。そうだろ？」

「……っは……っは……ッ……」

——そうじゃない。もうだめだ、もう許してくれ。

汗に濡れた髪の隙間から見える男に、そう言いたかった。

だが、気の遠くなるような時間をかけてみずから責任を取ったことが、却《かえ》ってふたりの男の欲情に火を点けたらしい。

　まだ振動を続けているローターを乳首に強く押し当てられ、あまりの刺激の強さにくちびるを嚙み切ってしまった。

「ハメ撮りしようぜ。俺が挿れてやるから、佐野さん、あんた、口で咥《くわ》えてもらえよ。フェラ顔も撮ってやる」

「いい案だな。岡崎くん、どういうふうに舐めれば僕が感じるか、覚えてるだろう？　ほら、舌を出すんだ」

「……ん、……ん……く……ぅっ……っ」

　左手はベッドの支柱に縛られたままだ。不安定な格好で、それぞれに服を脱ぎ散らかした男の強大な亀頭をくちびるに、窮屈なうしろの窄まりに押し込まれたのとほぼ同時に、覚えのある熱く充血した感覚が全身を覆い尽くし、大量の白濁がどろっと噴きこぼれる。

　終わりの見えない快感が、岡崎を待ち構えていた。


　――たとえば、これがひとつの実験だとして。ひとりの人間の意識と身体《からだ》をばらばらにするまでに、どれぐらいの時間を要するんだろう。どれだけ屈辱を味わされれば、ひとは正気を失うんだろう？

最近、岡崎《おかざき》はそんなことをよく考える。

支配下に置いていたはずの幸村《ゆきむら》と、仕事相手として一定の距離を保ちながらつき合っていくはずの佐野《さの》と、ふたりの男に振り回されて苦しいまでの絶頂に何度も追いやられる日々が続き、——このまま、俺はいつかおかしくなるんじゃないか、と担当タレントについて膨大なスケジュールを消化していくなかで、他人事のようにぼんやり考えた。

——いや、もうすでにおかしくなっているのかもしれない。感情を制御できない時点で、本来の俺自身を見失っているんじゃないのか？

三人の忌《い》まわしい関係は危なっかしいバランスを持ちながらも依然続いており、佐野も幸村もまったく引き下がるつもりはないようだ。

そうなったら、両際から引っ張られる位置にいる自分だって、簡単に屈することができない。

——どちらかを求めてしまえば、バランスが壊れる。仕事もうまくいかなくなる。

幸村の機嫌を損ねることも、佐野の不信を買うこともできなかった。

そしてなにより、二十八年かけて築き上げてきたプライドを崩してまで爛《ただ》れた快感を求めることができない岡崎に、不穏な噂《うわさ》が届いたのは五月も終わりの頃だ。

青山のオフィス周辺はまばゆい初夏の陽射しが緑を弾《はじ》き、通りを歩くひとびとの装いも半袖やノースリーブと開放的だ。

「……うちのタレントが、覚醒剤に手を出してるというんですか？」

「ああ、それがどうも幸村らしいという噂なんだ。参ったな、こんな時期に……」

両手で頭を抱え込むプロダクションの石原《いしはら》社長に、岡崎は、「噂の出所は確かなんですか」と訊《たず》ねてみた。

「きみもよく知ってる写真週刊誌の記者がネタを摑《つか》んだらしいと、さっきある筋から電話が入ったんだ。早ければ、来週中にも記事にされる。きみが担当になってから、彼の行動に不審な点はあったか？」

「いえ、ありません」

間を置かずに断言した自分に内心驚いたが、顔には出さずにいられた。

ここ最近、ことあるごとに幸村に不埒《ふらち》な行為を求められている立場なのだから、即答するのもどうなのかという迷いが頭の隅をよぎるが、実際、彼が薬物中毒に陥っている気配はまったくない。

岡崎も現役時代に、知り合いから何度か覚醒剤や大麻を勧められたことがあった。

時間に追われ、誰よりも早く季節と人気を先取りしなければいけない芸能界で、『気分が楽になるから』という言葉に誘われてドラッグに手を出す者は案外多いものだ。

だが、それこそ一度手を出したら最後、合成の薬が見せてくれるまぼろしの夢に囚《とら》われてしまい、堕落《だらく》していくだけだ。

ああいったものに手を出す者は、感覚的にすぐにわかる。

流行《はや》り廃《すた》りが激しい芸能界にいる者なら、誰もが一度や二度は、『この先ずっと、この業界でやっていけるんだろうか』という答えの出ない不安に駆られる。

自分の中に生まれる不安に際限がなく、誰にもはっきりとした答えが出せない問いかけだけに、それを薬で消してしまおうとする脆《もろ》いこころを持つ者も、この業界には少なくない。

――幸村自身、過去にいたずら気分で薬に手を出したという噂は、佐野さんから聞いたことがあるが、いまは絶対にやっていないはずだ。そばで見ている俺ははっきりとそう言えるが、とりあえず社長にはどう言うべきか。

幸村が薬に手を出していたら、セックスのときにも絶対に使っているはずだ。事実、感度をもっと高めるために手を出す者が大半だと聞いたことがある。

しかし、幸村にとって佐野を交えた自分とのセックスに、薬なんて入る余地がない。

――そんなものを使わなくても、三人で交わる淫《みだ》らな時間で十分な快感を得ているはずだ。同性とセックスすることにさえ罪悪感を覚えるのに、佐野さんと代わる代わるに俺を組み敷くあいつは、それだけでもう十分感じている。……秘密の時間、秘密の場所で、三人で交わる。薬なんか必要ないほどに、毎回昂《たか》ぶらされるんだ。

皮肉混じりに考え、岡崎はひとつ息を吐《は》いた。

「これからすぐに本人に確認してみますが、幸村が覚醒剤に手を出しているというのは間違いなくでっち上げでしょう。どこからか、佐野さんの次回作に出るというネタが漏《も》れて、妨害《ぼうがい》されているのかもしれません」

「それなら、相応の処置ができるが――とにかく、本人に聞いてみてくれ。私のほうでも、噂の範囲で記事にするなと出版社にねじ込んでおく」

「わかりました」

顔を引き締めて社長室を出たあと、岡崎はすぐに幸村に電話をかけた。

今日の彼はオフで、大学の講義を終えたあと、とくに予定はないはずだ。

「――岡崎だ。少し話したいことがある。いまから会えるか？」

電話の向こうの声に岡崎は何度か頷《うなず》き、待ち合わせ場所を決めた。

「それじゃ、三十分後に」

ジャケットのポケットから車のキーを取り出しながらオフィスを出ると、まぶしい陽射しが降りそそいでくる。青山の一帯が緑に輝く、いちばん美しい時期だ。

整った顔にサングラスをかけて車を走らせ、どこに行こうかと考えた。

大学帰りの幸村を拾ったら、そのまま人目のつかない郊外へと連れ出したほうがいいかもしれない。

オフィス周辺では誰が見ているかわからないし、話がこじれた場合のことも想定しておかなければいけない。

いつ、どんなときでも力ずくで結果を求める幸村のことだ。

万が一、彼に押し倒される場面を誰かに見られたら、違法の薬にはまるのよりもひどい騒ぎを起こしそうだ。

待ち合わせの場所に早く着いていたらしい幸村は、やはり遠目に見ても際だった存在感を誇っていた。

ちょうど街角にあるオープンカフェで青いパラソルの下、のんびりとアイスコーヒーを飲んでいる姿はまるで一枚の写真のように決まっている。

むろん、幸村に目を留めるひとは多く、なかには声をかけたそうな素振りを見せている女性もいる。

そんな彼をしばし眺めたあと、クラクションを短く鳴らすと、幸村がぱっと顔を上げて駆け寄ってくる。その顔を見るかぎり、今日の機嫌はまあまあというところだ。

残念そうな顔の女性たちにどことなく小気味いいものを感じるのは、幸村が順調に力を蓄え、以前よりさらに人目を惹《ひ》きつけるようになった事実を目の当《ま》たりにしたせいだ。

幸村を助手席に乗せ、とりあえず横浜方面へと車を走らせた。

「天気がいいから、湘南のほうにでも行ってみるか」

「岡崎さんに任せるよ」

カーステレオから流れる音楽に聴き入るふりをして、幸村がちらちらとこちらを盗み見ているのがわかる。

突然呼び出された理由がなんなのか、知りたいのだろう。

「話ってなんだよ。もしかして、佐野さんと三人でやってることについてか？」

「違う」

からかい気味の声を一喝すると、急にふてくされたような顔で幸村はそっぽを向いてしまう。

そういうところが、まだまだ子どもだと苦笑いしたい気分だ。

——このあたりのコツを摑めば、今後、彼をうまくあしらえるんだろうが……毎回、同じネタが使えるわけじゃないし、そこまで幸村もばかじゃないだろう。

気づけば、細く開けていた窓から潮の香りが入り込んでいた。

都心から二時間も走れば、陽射しがきらめく海と緑が楽しめる。シーズン前の湘南はゆったりとした雰囲気で、やわらかな夕暮れに幸村も見入っていた。

そこからもう少し山のほうに向かって走り、こんもりと生《お》い茂《しげ》った緑の向こうに海がかいま見えるがら空きの駐車場でエンジンを切った。

周辺にはとくに民家もなく、どこまでも続く深い緑が人目を遠ざけてくれる。ここなら落ち着いて話ができそうだ。

「おまえが覚醒剤に手を出しているという噂が出回ってる」

直截《ちょくせつ》切り込むと、素早く幸村が振り向く。

「うちのプロダクションに入る前に、一度か二度、薬をやったことがあるっていうのはほんとうか?」

「——ああ、ほんとうだよ」

拍子抜けするぐらい、幸村はあっさりと認めた。

「ただ、一度だけだ。仲間に誘われてそれっぽいものをやったことがあるけど、違法モノじゃないぜ。もともと俺、薬に弱い体質なんだよ。そのときもすぐにバッドトリップしちまって、以来そういうものには手を出してねえ。ていうかさ、……あんた、その話を聞いてどう思ったんだ?俺が薬をやってそうに見えるから、わざわざ呼び出したのか?」

鋭く、真剣な目つきをする男をじっと見つめ、岡崎はゆっくりとかぶりを振った。

やっぱり、自分の目に狂いはない。

手にあまる勢いを持った男はどんな窮地に陥ったとしても、薬なんかに頼らず自力で這《は》い上がる力を持っているはずだ。

「逆だ。おまえが薬をやってないことは俺自身が知ってる。それをもう一度、この目で確かめたかっただけだ」

「ふぅん……」

目を眇《すが》める男は岡崎の言葉を信じるか疑うか、少しのあいだ考え込むような顔をしていたが、やがて瞼《まぶた》を伏せ、軽く笑いながらことんと肩に頭をもたせかけてきた。

「サンキュ。……信じてくれて」

荒っぽい面ばかりが目立つ男の自然な笑顔を見るのはこれが初めてのような気がして、岡崎も黙って肩を貸してやった。

アッシュブロンドの髪に似合う精悍《せいかん》な相貌《そうぼう》だけで判断すれば、薬をやっていてもおかしくないと思うひともいるだろう。

政治と水商売を営む両極端な親のもとに生まれ、正式に認められない子どもとして育ち、出自をひた隠しにしなければいけないという重圧が彼のこころの一部を欠いてしまったことは確かだ。

それでも、まがいものの薬に手を出して憂さを晴らすようなタイプではない。

——俺みたいに、始終世話をする存在を求める脆さはあるだろうが。

ため息をつきたいのを我慢し、幸村が頭をもたせかけてくる左肩をもう少し下げてやった。

「……意図的に、誰かがおまえを貶《おとし》めようとしているのかもしれない。佐野さんの次回作に出る件についても十分に注意して隠してきたつもりだが、どこかから漏れてしまったのかもしれないな」

「かもな。それか、俺と親父の繋《つな》がりをひそかに知って、親父の政治生命を絶とうとしてる奴とか。案外、そっちの線のほうが濃厚じゃねえ？　親父は俺がなにしてようが気にしてねえだろうけど、自分の立場が危《あや》ういことになったら黙ってねえだろ。それこそ、お袋や俺をぶっ潰《つぶ》す勢いでくるだろうな」

「そこまでやらないだろう、いくらなんでも身内で……」

「岡崎さんは俺の親父の素顔を知らないから、そんなこと言えるんだよ。お袋以外にも散々あちこちで女を孕《はら》ませてきた男だぜ？　いざとなったら、どういう手段を使ってでも俺を揉《も》み消すだろうよ。あっちは政治のプロで、そういう揉め事には慣れっこなんだ」

彼にとって、家族という言葉はなんの意味も持たないのだろう。

乾いた声に、ふいに佐野の書くシナリオの場面が浮かんできた。

親しいひとが、ある日忽然《こつぜん》と消えてしまう。理由もなしに、ただ煙のように。

そういう世界を、幸村は幼い頃からリアルに体験してきたのだ。

だからこそ、佐野も敏感に幸村が隠し持つ仄暗《ほのぐら》さを感じ取り、ああいう物語を書き下ろすと決めたのだろう。

──どうしてみんな黙って消えていくんだろう？　どうして俺だけ残ってるんだろう？　いったい誰が最後に残るんだ？

考え出したらきりがない、それこそみずから息の根を止めるまで結末が見えない疑問の中で、幸村はずっと生きている。

そうして、自分がけっしてひとりじゃないことを知りたくて、自分が狂っていないことを証明したくて、他人という絶対なる存在を探し求めているのだ。

──その相手が、俺だというのか。

ばかばかしいと一笑に付《ふ》したいところだが、頬に浮かんだ笑みは不完全だ。

微妙に揺らいでしまう胸の裡《うち》を、なんと言えばいいのだろう。

同情ではなく、憐《あわ》れみでもない。ましてや、嘲《あざけ》る気分でもなかった。

幸村の求め方は半端ではなく、羞恥《しゅうち》に苛《さいな》まれることが多い立場で達観したせりふは吐けない。

だが、ひとつだけ、こころから信じて言えることがあるとすれば、彼には偽りというものがない。

欲しいものは欲しいと言い、へたに媚《こ》びたり隠したりすることが一切ないのだ。

——たぶん、俺を欲しがる気持ちもほんとうなんだろう。そのやり方はかなりねじくれて、荒っぽいけれど。

複雑な感情が、同情でも、憐憫《れんびん》でも、侮蔑《ぶべつ》でもなかったら。

最後に残るのは、自分も少しずつ幸村に惹かれ始めているという真実だ。

強引なセックスをきっかけに惹かれたというつもりはまったくないが、それでも、ああも強く、執拗《しつよう》に求められたのは生まれて初めてだ。

——俺にはこれといった個性がないと判断したから、モデルも早々に引退したのに。

今度ははっきりとため息をついてから、岡崎は低く囁《ささや》いた。

「……おまえは、俺が好きなのか」

「当たり前だろ。好きじゃなきゃ、なんで抱くんだよ」

「俺のなにが気に入ったっていうんだ」

「全部。あえて言えば、潔《いさぎよ》いところかな。俺って人間がどんなものか知る前から、『面倒を見る』って言いきっただろ」

「それが俺の仕事なんだから当然だろう」

「口先で言う奴とそうじゃない奴を見分けることぐらい、俺にもできるんだよ。これでも一応、水商売と政治のプロのあいだに生まれたんだからな」

最初の時点では、真実、仕事のためだけに『面倒を見る』と言ったのだが、幸村のほうではそれを自分の都合がいいように受け取ったらしい。

堂々とした答えに岡崎はしばしためらったあと、みずから幸村の手を摑み、身を乗り出した。

「岡崎さん?」

助手席の幸村に覆《おお》い被《かぶ》さり、その目に嘘《うそ》がないかどうか深々とのぞき込んだ。

幸村も視線をそらさず、岡崎の真意を見計らっているようだった。

きついまなざしをしていても、どこかに瑞々《みずみず》しさが残る男に何度組み敷かれようが、個人的な感情を持つことだけは絶対にだめだと自分に固く誓ってきた。

だが、それがいま、やぶられそうだ。

逞《たくま》しい見た目同様に、幸村の中身もしっかりしているかと言ったら、少し違う。

幼い頃からどんな暮らしをしてきたか知らないが、とにかく金にだけは困らずにすんだのだろうということは、いまの彼を見ていてよくわかる。

家事のすべてはハウスキーパー任せで、彼の父親も母親も自分の仕事にのめり込み、たまたま生まれてしまったというような幸村に関しては、少しの愛情も傾けなかったのだろう。

もし、彼らが幸村という子どもを振り向く瞬間があったとしたら、自分の立場に差し障《さわ》りがないかどうか、うまく利用できるかどうか確かめるときだけではないだろうか。

——だから、こんなバランスの悪い男ができあがったんだ。どんなに見た目はよくても、内側ががらんどうだ。

自分の中にある隙間《すきま》を埋《う》めたくてさまざまな男や女に手を出し、一度は違法すれすれの薬にも手を出してしまった幸村を可哀想だと言うつもりはない。

だが、許してやれるかもしれない——そう思えた。

幸村の両親と同じ考えで、自分にとっても彼という存在はある意味、利用価値が高いものだ。

——もっと売れる男にしてやる。

そう約束した自分に、幸村は文句を言いながらもついてきている。実際、彼にとって「売れるか売れないか」ということはどうでもよくて、自分のようにずっとつきっきりで世話を焼いてくれる誰かがいれば、それで満足なのだろう。

「ばかだな、おまえは。俺みたいな忙しいだけが自慢の男になにを求めてるんだよ……」

低く呟《つぶや》くと、うなじを強く引き寄せられた。

「あんたが忙しいのは、俺を世話するためだろ。俺をずっと見ていたいんだろ」

的を射た言葉に目を瞠《みは》った瞬間、熱く湿ったくちびるがぶつかった。

くちゅりと濡《ぬ》れた舌できつく、甘く搦《から》め取られ、身体の芯《しん》に一気に火が点《つ》きそうだ。

「……っん……っ」

「岡崎さん……」

首筋に嚙《か》みついてくる幸村がネクタイの結び目をほどこうとするのに気づき、岡崎は「待てよ」と肩で息しながら、迫ってくる男を押しのけた。

「ここじゃだめだ」

「なんで、いいじゃねえかよ。抱かせろよ。俺はいつだってあんたを抱きたいんだよ」

耳たぶがちりちりと熱くなる言葉の数々が理性を悩ましく崩していくなかで、岡崎は車を再び走らせた。

「なあ……あんたのココ、もう硬くなってんじゃん。すぐに咥《くわ》えて気持ちよくしてやるからさ、車、停めろよ」

やんわりと揉み込んだり、指先で円を描くようにして股間をまさぐる男の声そのものが、淫猥《いんわい》に濡れて聞こえてくるようだ。

幸村のいたずらに、運転に意識を集中させるのも必死だ。

深い緑を抜けた先に見つけたラブホテルは従業員と顔を合わせず、自動的に入室、退室ができるシステムで、男ふたりで入っても誰にも咎《とが》められずにすんだ。

部屋に入るなり、幸村が無言で乱暴にスーツを剝《は》ぎ取っていく。

「幸村、待てよ……、おい！」

いつもより熱い彼の手に怖《お》じ気《け》づいて身を引こうとしても、とっくに昂ぶっている幸村をなだめる術《すべ》はない。

もつれ合うようにしてバスルームに入り、シャワーを浴びながら絶え間なくくちづけられた。

「……ん……っん……」

勢いよく降りそそぐしぶきよりも、幸村の舌のほうがずっと熱い。

派手な色に染めた髪の先からぽたぽたとしずくをこぼし、首筋から胸へと舌を這わせる男は上目遣いに岡崎の反応を確かめ、ちいさく尖《とが》った乳首の根元を囓《かじ》り、ちゅくちゅくと舐《な》めしゃぶる。

「……あぁ……」

最初の頃は弄《いじ》られても痛いだけだったそこが、いまではもう、性感帯のひとつになってしまった。

乳暈《にゅううん》が赤く色づき、狂おしいまでにふっくらと腫《は》れる先端を丁寧《ていねい》に揉み込まれると、岡崎も我慢できなかった。

湯気が立ち込めるバスルームで幸村の腰を摑み、ゆっくりと彼の前にしゃがみ込んだ。

エラがめくれ上がるように張り、怒張した男根の根元は硬いくさむらで覆われている。

その先端からはとろとろとした粘《ねば》りあるしずくが垂《た》れ落ち、見るからに卑猥《ひわい》で目をそらしたくなるが、自分のそこだって同じように昂ぶっているのだ。

いまさら恥じらっても無意味だと思うが、簡単に開き直ることもできない。

「……俺の顔、見ながら舐めろよ」

生意気なことを言う幸村の声がうわずっている。まさか、岡崎みずから誘い、口淫するとは思っていなかったのだろう。

いままで、一度も自分の意志で男のものを口にしたことがない。だが、どうすればいいかは知っている。

深く息を吸い込んで覚悟を決め、ひくつく小孔を舌先でつつき、ゆるやかに亀頭を頬張った。くびれのところで口をすぼめ、頭を前後に振ってぐちゅぐちゅとしゃぶると、悦楽に溺《おぼ》れる吐息が落ちてくる。

「……いいぜ……岡崎さんのフェラ、感じる……」

幸村のものは長大で、一気にしゃぶることができないから、何度も下から上へと指や舌でなぞってやらないといけない。

硬く締まる陰嚢も口に含んで、舌全体でねっとりとこね回した。

「こういうやり方、……佐野のものを舐めて覚えたのか？」

フェラチオに没頭《ぼっとう》するふりをして答えない岡崎の頭を鷲掴《わしづか》みにして、ぐっ、ぐっ、と幸村が腰を突き出してくるたび、口蓋《こうがい》や喉奥をなめらかな亀頭で擦《こす》られ、息苦しいのに感じてしまう。

「……っん……ぁ……っ」

いきなり幸村が腰を引いたことで、ぶるっと男根が口から跳《は》ね出るのを無意識に追ったが、「ベッドでやろうぜ」と腕を引っ張られた。

「あんたの全部が欲しい。やらしいところも全部見せろ。俺だけのものにしたいんだ」

「幸村……」

濡れたままでベッドに倒れ込み、互いに欲情に疼《うず》く身体を擦りつけ合った。

自分のそこと幸村の性器が軽く触れ合うだけで、じわっと脳髄《のうずい》が痺《しび》れるような快感が広がっていく。

これ以上、なにもしなくても達してしまいそうなほど敏感になっている身体に幸村は執着し、岡崎を四つん這いにさせて腰を高々と上げさせてから、背後から手を回して乳首をつまみ、窄《すぼ》まりを舌でつつく。

「——ぁ、あ……っ!」

ツキン、と張り詰めた乳首を転がされる快感を味わうと同時に、うしろの孔も男の舌遣いに悦《よろこ》んでほころんでしまう。

尖らせた舌先が狭い場所をやわらげ、うねうねと挿《はい》ってくる動きに、岡崎は枕を掴んで愉悦《ゆえつ》の声を噛み殺したが、過敏すぎる身体ではどんな抵抗をしても説得力がないと自分でわかっていた。

「俺が舐めやすいように、自分でも孔を拡げてみな。指でこうしてさ、……そう、そんな感じ。あんたのここ、もうヌレヌレ。男でこんな感度いいケツしてんの、あんたが初めてだよ。孔の奥もスゲエやらしい色になってる」

「ばか……言うな……っ」

「ホントのことだろ？　乳首も硬くなってるし、前もガチガチで先っぽから汁垂らしっぱなしじゃん。ここに精液、いっぱい溜《た》めてんだろ。車を運転してるあいだからずっと硬くしてたよな」

「……っく……っう……！」

うしろからやわやわと陰嚢を揉み込まれたことで、岡崎はきつく背を反《そ》らした。

薄い耳たぶを舐められながら、卑猥な言葉と指と舌で容赦なく愛撫《あいぶ》されたが、思いのほか、その声はやさしい。

「佐野じゃなくて、俺を選べよ。一生、あんただけを抱きたいんだよ」

「どうして……そこまで……」

ぬくっ、と探り挿ってくる指が二本、三本と増やされていく。

舌で蕩《とろ》けた肉襞が、幸村の長い指にまとわりついてしまうのを止められない。

向き合う形で両足を拡げてくる幸村が、笑いかけてきた。

「俺についてくる気はあるか、って最初に聞いたのはあんただろ。面倒を見るって真剣な顔で約束したのも忘れたか？」

「覚え……て——るけれど……っぁ、ぅ……っ」

「一目惚れした男に、『面倒を見る』って言われてマジにならないほうが変だろ」

「ゆきむら……っ」

真正面からゆっくりと貫かれ、声が掠《かす》れた。

大きな亀頭を飲み込んでぎちぎちに締め付けるそこがたまらないほど熱く疼き、早く奥へ、と誘うようにうごめく。

熟《う》れた粘膜は獰猛《どうもう》な肉棒の侵入を恥じながらも悦び、細かに震える。

「……いつもより、熱い……岡崎さんの奥、吸い付く……」

呻《うめ》く幸村の額に、早くも汗が滲《にじ》み出していた。

もう何度も彼に犯されていたが、こんなにも長い時間をかけて受け入れたことがないため、岡崎は無意識のうちに腰を揺らしていた。

焦《じ》れったい感情を伝える動きに、幸村も気づいたようだ。

「なんだよ、コレ……。俺のこと挑発してんのか？」

「ちが……う、っ……あ——、幸村、あ、あぁ……っ！」

ようやく最奥を突いてもらえて、思わず男の背中にぎりぎりと爪《つめ》を立てた。

貫かれる快楽を知ってしまった肉洞は淫らに爛れ、幸村の息を切らせる。

ずくり、と巨根を根元まで挿入し、そのまましっとしている男と熱っぽく視線を絡め合った。

陰嚢が擦れ合うほどにみっちりと太竿がはまり込み、激しく脈打つ男の存在感が刻々と大きくなり、気が狂いそうだ。

「……幸村……」

「俺だけのものだ」

舌なめずりする男は、頑丈な鎖から解《と》き放《はな》たれた獣《けもの》そのものだ。

「ここも——、ここも……、あんたの全部は俺だけのものだ……」

くちびるから鎖骨《さこつ》へ、そして胸の尖りへと指をすべらせ、静かに動き始めた幸村に、全身が痙《けい》攣《れん》するほどの快感が襲ってくる。

「……あっ……あぁっ……う、——ぅ……っ」

佐野と三人でするときはいつも犬のような格好をさせられ、背後から貫かれてすすり泣かされていたが、今日は違う。

初めてのふたりきりの交わりを、幸村は存分に時間をかけて愉《たの》しむことに決めたようだ。

小刻みに腰を揺らしながらゆるく突き、岡崎の濡れきったペニスをにちゃにちゃと撫《な》で回す。

互いの濡れたくさむらが擦れ合う感触がやけに新鮮だった。

いつもは両手の自由を奪われていることが多いが、今日はそんなこともない。躍動《やくどう》する男の背中にしがみついて喉《のど》を反らせると、身体の奥深くまでねじり挿《さ》さってくる幸村の硬さがありありと伝わってくる。

幸村の手つきに佐野のような老獪《ろうかい》な巧《たく》みさはないが、幸村なりの熾烈《しれつ》な執着にひっきりなしに喘《あえ》いだ。

浅く突かれると、どうしようもなく感じてしまう。幸村の大きくふくらんだ亀頭がちょうど前立腺のあたりを擦るのだ。

だけど、そこを擦られるだけでは、もうもの足りなくなっている。

もっと奥まで挿れてほしい。浅く突いて、深く抉《えぐ》って、激しく擦ってほしい。

浅ましいまでの欲深さに、自分自身が怖じ気そうだ。

だが、それは幸村も同じだったのだろう。ひとつ息を吸い込むと、一気に突き上げてきた。

「あぁ……っ……！」

目のくらむような快感に身体が跳ねた。幸村が本気で腰を遣い、ずくずくと太い肉棒に挿し貫かれて息もできないほどによがり狂った。

「ゆきむら……ゆ、きむ……ら……っ」

「もう少し……まだいくなよ……いくときは一緒だ。あんたの中にたっぷり射精してやる。俺の味を忘れるなよ」

「ん――……くぅ……っ」

幸村が与えてくれる強烈な官能に酔いしれながらも、――なにかが足りない、急にそんな気がしてならず、岡崎は焦《あせ》り出した。

——なにが足りないっていうんだ？　『商品』にみずから手を出してしまった。それだけでもう、十分常軌を逸してるじゃないか。これ以上、俺はなにが欲しいっていうんだ？　厄介《やっかい》な理性が舞い戻ってきていまさらな罪悪感に囚われるぐらいなら、幸村のすることに頭から溺れてしまいたい。

繋がる場所の熱をもっと高めようとする彼の動きに合わせ、岡崎もゆるめたり、締め付けたりした。

ペニスも扱《しご》かれ、ときどき痛いぐらいにぎゅっと締め付けられる。くちびるも腫れるほどに吸われた。

なのに、まだなにかが足りなかった。

「……ああ、もうたまんねえよ。スゲエいい締まり具合だ……中に出してえ……」

幸村が強く抱きすくめてきて、耳元で甘く囁く。掠れたその声だけで、いきそうだ。

他の誰に対しても、幸村はセックスのときにこんなふうに囁くのだろうか。そう考えただけで、自分でもおかしいぐらいの嫉妬《しっと》が渦巻いてしまう。

——嫉妬なんかしても、意味がない。幸村はいま、俺を抱いているんだ。俺も幸村に貫かれることを許し、感じることを許したんじゃないか。それでもう、いいじゃないか。いい加減、満足すればいいじゃないか。

彼も、自分も、もう限界間近だ。

——だけど、なにかが絶対に足りない。いまさら、なにを欲しがる?

身体のどこもかしこもひとりの男に埋め尽くされ、指と指まで組み合わせているのに、欠落感はふくれ上がる一方だ。

ふいに浮かんだ疑惑は、深く繋がる幸村にも伝わったようだ。

「……ッあんた、もしかして……」

ぎらりとした目で射抜いてくる年若の男は、だが、蕩けそうなほどにやわらかにまといつく肉襞をおのれの肉棒で擦り続け、荒々しい欲望の果てに待つ絶頂へと引きずられていく。

「……あぁっ……!」

涙が滲んだ瞬間に岡崎は達し、太い男根からどくどくと熱い精液が最奥へと撃ち込まれる絶頂感に溺れた。

身体を繋げたままで互いに息が乱れ、ろくな言葉も交わせない。

たったいま、ふたりで、甘美で淫らすぎる時間を分け合ったばかりだというのに、こうして目を合わせているだけで、身体の奥に孕む熱が再び暴走しそうだ。

それを与えてくれたのは、幸村に違いない。

——だけど、ほんとうになにかが足りない。幸村、きっとおまえもそう感じているはずだ。

汗だくで弾む身体を抱き締めてくる男と自分のあいだに、これっぽっちも隙間などないはずなのに、互いを隔《へだ》てる薄い膜《まく》のようなものの存在を無視することはできない。

「……岡崎さん……」

何度でも交われそうな力強さを持つ若い男の目にも、説明のつかない困惑が浮かんでいた。

なにかが、絶対に足りない。

なにかが。

——誰かが。

それを確かめる術を、岡崎も幸村もまだ知らなかった。

翌週、岡崎はいつものように担当しているタレントのユカを朝から都内のボイス・レッスンスタジオに連れて行き、特訓の成果を見守った。

煙草も酒も止めるという約束を実行しているらしいユカの声は、以前よりも格段に艶《つや》が出てきたようだ。

——これなら、そろそろドラマのほうにも売り込めるか。それより、いっそ音楽業界に放り込んでみるのもいいかもしれない。ユカは音感があるし、リズム感もいい。一、二枚シングルＣＤを出させてＣＭにタイアップしてもらうのもいいが、いまはやっぱりドラマのほうを優先させるべきか。

あれこれ思案している岡崎に、スタジオ側が、「今日のユカさん、調子いいみたい」と声をかけてきた。

「こういうふうに乗ってるときって大事だから、もしこのあともよければ、もう二時間ほどレッスンさせたいんだけど」

「構いません。今日は本人もこれのみの予定ですから」

笑顔で応《こた》え、休憩中のユカを廊下に呼び出した。

「今日はこのままもう少しレッスンを続けていけ。それと、この調子が続けば音楽CDを出す方向も考えてみてもいいかもしれない」

「ホント？ 嬉しい、一度やってみたかったんだ！ ね、ね、プロモーションビデオをつくるときは、絶対にいい監督にお願いしてね」

「おまえがちゃんと自己管理を続けられたらの話だぞ」

少し褒《ほ》めただけでその気になるユカを扱うのは、以前よりもたやすくなってきた。

そういう余裕が生まれたのも、佐野と幸村というふたりの男を相手にしてきたせいだろうか。

ともかく、喜んでレッスン続行を承諾《しょうだく》したユカを置いて、昼過ぎには一度プロダクションに戻ることにした。

しかし、そこで岡崎を待っていたのは目を疑うような衝撃的なニュースだ。

「岡崎くん、どういうことだ、これは！」

プロダクションの社長室に挨拶《あいさつ》に伺うなり、眼前に突きつけられた写真週刊誌のとあるページに、岡崎は絶句した。

『人気急上昇中のモデル〝幸村京《ゆきむらきょう》〟が男性マネージャーと車中で熱烈キス!?』という扇情的な見出しがついた記事には、望遠レンズで撮ったらしいモノクロの写真が添えられていた。

先週、幸村を湘南のほうまで連れ出したときのものだと即座にわかり、青ざめた。

運転席に座る岡崎は背中を向けているものの、幸村の顔ははっきりとわかる。

それから岡崎が覆い被さり、幸村の手が背中に回るあたりも数枚の連続ショットでしっかり押さえられていた。

「きみと幸村はそういう関係なのか？」

激怒する社長になにも答えられなかった。

これを見れば、誰だって自分と幸村が濃密なキスを交わしていると思うだろう。

事実そうなのだから、言い訳もできない。

だが、あの日はいつにも増して細心の注意を払い、誰にも見られていないかどうか終始気を配っていたはずなのに、なぜよりにもよってこんな場面を撮られたのだろう。

「社長、これは……」

とにかくなにか言わなければと口を開きかけたとたん、社長室の電話が鳴り出した。

苦虫を嚙み潰したような顔の石原が受け答えをしている内容から判断するに、早くも週刊誌を見たほかの出版社やテレビリポーターたちがビルの一階にある受付に大挙して押しかけてきたようだ。

がしゃんと乱暴に受話器を叩《たた》きつけた社長が唸《うな》る。

「この騒ぎをどう収束させるつもりだ」

「なんとかします」

低い声で言いきったものの、どう対応すればいいか。矢継《やつ》ぎ早《ばや》に考えたが、こんなときにかぎって見栄《みば》えのいい言い訳も、はったりも浮かんでこない。

——こうなったら、一か八か。出たとこ勝負だ。

必要以上にネクタイの結び目をきつく締めて一階に下りたとたん、パッと白い光が焚《た》かれて一瞬なにも見えなくなった。

「マネージャーの岡崎さんですよね。幸村京さんとはいったいどういうご関係なんですか」

「男性同士で肉体関係があるんですか？　いつもこんなふうにご自分の担当するタレントに手を出されるんですか？」

「どちらからこのような関係を持ちかけたんですか。岡崎さん側から迫ったんだとしたら、セクシャル・ハラスメントとして幸村さん側から訴えられてもおかしくありませんよね」

「幸村さんが最近、覚醒剤に手を出しているという噂もありますが、そのへんはどうなんですか！」

岡崎が口を開く前から砲火のように浴びせられる質問は、好奇心と悪意に充《み》ち満ちていた。

彼らをひと睨《にら》みし、この事態をひと息に収束させる言葉を懸命に探し続けた岡崎の視界に、そのとき、平然とした顔でプロダクションに入ってくる幸村が映った。

「幸村――、ばか、来るな！」

岡崎の怒鳴《どな》り声は、すぐにもマスコミたちのざわめきにかき消された。

「幸村さん！」

誰かが叫ぶなり、フロア中の者がいっせいにどよめき、フラッシュが次々に焚かれる。

「幸村さん、今回の件についてひと言コメントを」

「岡崎さんとはどういうご関係なんですか！」

「覚醒剤をやってるってほんとうですか？」

「なんだよ、――岡崎さん、こいつらなんなんだよ！」

写真週刊誌を見ていないらしい幸村は茫然《ぼうぜん》とした次に、混じりけのない怒りを浮かべてカメラマンたちを乱暴にかき分けて近づいてくる。

――こいつに、仏心を出した罰か。

騒ぎはますます広がる一方だ。

もはやどんな言い訳も通用しないと悟《さと》り、「――私がご説明いたします」と岡崎が凛《りん》とした声を張り上げた瞬間、大混乱していたフロアが水を打ったように静まり返った。

ワイシャツの背中が汗で濡れていたが、岡崎は冷徹な顔を崩さなかった。

——俺が幸村をどう思っているか、こいつらには関係ないんだ。ただ、男同士でキスしたというスキャンダラスな事実さえ摑めば満足するんだろう。いまここで、俺がそれを認めてやれば、幸村の過去や出自に関して、マスコミの目を一瞬だけでもそらすことができるかもしれない。いつかはばれるかもしれないが、佐野作品で高い評価を取ることができたあとなら、仄暗い過去もいずれ彼を後押しするいい味つけになるはずだ。

世間の飽くなき好奇心をうまく逆手に取れば、女性だけでなく男性さえも誘惑するモデル兼俳優として、幸村が一気にスターダムに駆け上がることは間違いないだろう。

その一方、裏方の自分は責任不届きとしてクビにされるだろうが、もうここまで来たら引き下がれない。

——俺自身、わかっていたんだ。いつの間にか、俺も幸村に惹かれていたから抱かれたという事実に、嘘はないんだ。

そうと認めたら急に肩の荷がすとんと下りた気がして、知らずと笑みが浮かんだ。

これ以上、つまらない意地を張っても仕方がない。

幸村を誘った立場として、泥をかぶる覚悟はできている。

——モデル時代でも、これほどの視線を浴びたことはなかったな。

諦《あきら》めの混じる笑いを浮かべ、目の前にずらりと並ぶマスコミ陣を眺めた。

いまごろ、ユカはこんな騒ぎが起こっているとも知らずに、声の伸びをよくするために懸命にレッスンに励《はげ》んでいるだろう。だが、それを見守ってやれたのも今日が最後だったかもしれない。

あらかじめそうとわかっていたら、もう少しちゃんと褒めてやったのに。どこをどう改善すればこの後もっと売れるか、逐一アドバイスしてやればよかったと考えて、骨の髄まで染み込んだマネージャー的な思考に笑い出したくなる。

――くだらない。男同士でキスしたぐらいで、こうもみんな大騒ぎするのか。

超然としたまなざしの岡崎の胸には、いままでにない固い決意が生まれていた。

野次馬根性《やじうまこんじょう》剥《む》き出しで、他愛ないスキャンダルに群がる彼らを巧みにあしらい、踏み越え、幸村という強い輝きを持った男を押し上げるのが、マネージャーとしての自分に課せられた使命だ。

「岡崎さん……」

岡崎の不可解な微笑みに、幸村も、詰めかけたマスコミも息を呑《の》んで注目している。

「私のほうからご説明させていただきます。今回の件に関しましては――」

私にすべての責任があります、と続けようとしたところで、ふとした気配を感じて目を上げた岡崎は思わず目を瞠った。

「ああ、想像以上にたいした騒ぎになってるね」

艶のある男の声に、その場にいた全員がはっと振り返った。

引き締まった体躯《たいく》に映《は》えるダークグレイのスーツを鮮やかに着こなす佐野がにこやかに笑いながら現れたことに、誰も動けなかった。

なぜ、ここに佐野が来るのか。

岡崎が感じた動揺と同じものを、幸村はもちろんのこと、この場にいる全員が味わっているのだろう。

それを楽しむように佐野は報道陣をかき分けて、幸村と岡崎のあいだに立つ。

めったに表に出ない人物だと言っても、業界人ならば誰もが知っている映画監督の登場に、皆、とまどいが隠せないようだった。

「佐野監督がどうしてここに……」

「まだわかりませんか？　僕がここに来た理由はただひとつ。マスコミの皆さんに、幸村くんを次回作の主役に起用すると発表するためですよ」

「ほんとうですか？　いつそれが決まったんですか」

「幸村さんへのオファーはいつ行われたんですか！」

「次回作はいったいどんな内容になるんですか」

日本のみならず、世界各国からも熱いコールを受ける映画監督の突然の発言に、マスコミが血相を変えるのもむりはない。

カンヌ映画祭で賞を受けて以来、佐野はいくつかのCMやショートフィルムを手がけていたが、本格的な映画となると三年ぶりだ。

その主役として、オーディションもなしにいきなり抜擢《ばってき》されたモデルの幸村と、佐野、そして岡崎へとマイクが突きつけられ、さまざまな質問が怒号とともに乱れ飛んだが、あまりの騒ぎになにひとつまともに聞こえなかった。

映画の内容や、岡崎と幸村の関係、突然の幸村の抜擢と、マスコミのほうでも聞きたいことが山ほどあり、誰もが我先にと口を開いていた。

それを優雅な手つきで制したのは、やはり佐野だ。

「お静かに。——まずは、今回の写真週刊誌に載った写真も、映画のプロモーションの一部だということをお伝えしましょう」

「……佐野さん」

驚く岡崎と幸村に目くばせだけで合図する佐野は、ひとを惹きつけてやまない笑顔をマスコミに向ける。

「写真では、一見彼らがキスしたように見えますが、単に抱き合っているだけです。——なぜ男同士で抱き合う必要があるのか。幸村くんが僕の次回作で演じるのは、身近にいるひとびとがある日を境に忽然と消えていくなかで、不安感や恐怖感に押し潰されそうになりながらも自分の存在意義を確かめるという大変難しい役です。稽古《けいこ》に入るのはこれからですが、その前に一度、幸村くんに不安感というものをリアルで感じてもらおうと考えましてね。彼をもっとも近い場所で見ている岡崎くんというマネージャーが、もしもいなくなってしまったら？　そういう設定で、あのような演技をしてもらうよう、僕が頼んだんですよ」

「演技――、だったのか」

「でも、あそこまでやる必要は……」

誰かの惚《ほう》けたような呟きに、佐野は可笑しそうな顔を隠さなかった。

「途方もない喪失感を表現してもらうためなら、僕はなんでもやりますよ。実際、あの写真を見た皆さんは大きな衝撃を受けたでしょう。それだけでもう、僕の思惑は見事に成功したと言えるんですがね」

他の人間がやったら非難されて当然という行為も、どこか浮世離れした雰囲気を持ちながらも絶対的な才能で圧倒してくる佐野の言うことであれば、皆、最後には納得させられてしまうようだ。

「皆さんもご存じのとおり、タレントとマネージャーという関係は、ときに肉親よりも深い絆《きずな》を分かち合います。マネージャーは自分を信じてついてきてくれるタレントに、プライベートまで潰して彼らにつき合う。タレントの持つ威力をもっと磨いて、皆さんを惹きつけるために」

和《なご》やかな笑顔で両際に立つ岡崎と幸村を見つめ、佐野はなめらかな口調で続けた。

「タレントもそうです。自分のためだけに終始気を配ってくれるマネージャーに全幅の信頼を寄せ、どんな仕事でも真面目《まじめ》にこなしていく。ちいさな努力の積み重ねがいつか開花すると信じ合う間柄というのは、異性同性関係なく、強固なものですよ。幸村くんと岡崎くんについても、互いに寄せる信頼の深さがこの写真で証明されたわけです。――それから、最後にもうひとつ」

いたずらっぽく佐野が笑い、自然な感じで幸村の髪をくしゃくしゃと撫でた。

「彼が覚醒剤に手を出したという噂が広まっていますが、根拠のないでっち上げです。僕が保証しましょう」

「どうして佐野監督が……、ほんとうに幸村さんが薬に手を出していないという証拠があるんですか？」

「いままでの僕の話を全部聞いたら、発想の転換ぐらいしてくださいよ。彼が覚醒剤に手を出したかもしれない、という噂を流したのも僕ですよ。もちろん、映画宣伝のためにね」

思わぬ発言に、全員があっと声を上げた。それがたまらなく可笑しかったのだろう。くすくすと笑う佐野に、皆、毒気を抜かれてしまったようだ。

「彼が僕の映画で演じる〝キョウ〟も、ひとり取り残されていく孤独感を忘れるために、違法の薬に一瞬手を出しそうになる……そういう場面を用意しています。でも、それを咎める人物が誰ひとりとしていなかったら？　ドラッグが見せてくれる夢なんてたいしたものじゃない。それなら過酷な現実を生き抜いて、最後がどうなるかを見届けたい——そう気づいて、キョウは結局、正気を保とうと決意するわけです。……そのへんをね、事前に強調しておこうかと思って、ああいう情報を流したわけですよ。少し物騒なニュースで申し訳なかったけれど、幸村くんは潔白ですよ。皆さん、うまく騙《だま》されてくれてありがとう」

少し気障《きざ》な感じで頭を下げた佐野に、フロアを占拠していた緊迫感が一挙にほどけ、あちこちでため息混じりの笑い声が弾けた。

「……なんだ、まんまと佐野監督の宣伝に引っかかったんですね」

「参ったな。見事に騙されましたよ。せっかくの大スキャンダルだって勇《いさ》んできたのに、まさかすべてが次回作のプロモーションの一環とはね」

「いや、お騒がせいたしました。正式な制作発表会は後日あらためて開きますので、これに懲《こ》りずに、ぜひまた皆さんいらしてください」

ざわめく集団が仕方なしに笑い合いながら帰っていくのを、フロアの隅で見届けていた社長も笑みを浮かべて近づいてくる。

「佐野監督もひとが悪いですよ。前もってこういう計画だったと伝えてくれていたら、私たちも平然と構えていられましたのに」

「ああ、そのへんの配慮は岡崎くんに任せたんですよ。だめだよ、岡崎くん。社長を驚かせてしまったじゃないか」

「……申し訳ありませんでした。佐野監督の計画は突然のことでしたので、社長のお耳に入れる暇《ひま》もなくて……」

突然話を振られたが、なんとか平静を保つことができたのは、もう何度も佐野や幸村とのあいだで危うい綱渡りを続けてきたためだろう。

「いやいや、これほど効果的な宣伝は前代未聞だ。映画の仕上がりが楽しみでならないよ」

思わぬハプニングが素晴《すば》らしい宣伝になったことで相好《そうごう》を崩す社長に、「それじゃ」と佐野が鷹揚《おうよう》に頷く。

「これからまた打ち合わせがありますので、岡崎くんと幸村くんをお借りします」

「今後とも、どうぞよろしくお願い申し上げます」

深々と頭を下げる社長をあとにオフィスを出て、岡崎は言われるままに佐野の車のキーを受け取り、ふたりを乗せて走り出した。

車中では誰もが沈黙を貫いていたが、佐野のオフィスに着くなり、幸村がまだ不満の残る顔でソファに乱暴に腰を下ろす。

「ったく、どうなってんだよ。なんだ、あの雑誌の写真。いくら俺たちが芸能人だからって、あそこまで追っかけてくるなんてのは人権侵害もいいところじゃねえか。あんたも、途中で俺の頭まで勝手に触りやがって。気持ち悪いことすんじゃねえよ」

「まあまあ、この業界じゃ盗撮はよくあることだろう。それより、僕の手腕もたいしたもんだったろう？　スキャンダルも上手に使えばいい宣伝になるってことを、証明してあげたんだよ。少しは感謝してくれてもいいと思うがね」

「よく言うぜ」

ちっと舌打ちする幸村の隣で、「……ありがとうございました」と岡崎は頭を下げた。

どういう理由であるにせよ、窮地を救ってくれたことについては感謝をしなければ。

たぶん、幸村も内心同じ気持ちだろう。

だらしなく足を投げ出しながらも、佐野が淹《い》れてくれたコーヒーを一口飲み、ほっとしたような顔つきだ。

あれだけのスキャンダルをまたたく間に見事な宣伝に仕立て上げ、居並ぶマスコミを圧するなんて、やはり佐野というのはただ者ではない。

一瞬はどうなることかと肝《きも》を冷やしたが、とにかく事態は落ち着くべきところに落ち着いた。

夜のオフィスには音楽も流れておらず、いつにも増して静かだ。

佐野がいつものようにコーヒーを淹れてくれて、「煙草でも吸おうか」と勧めてくれたのをきっかけに、三人は思い思いに白い煙を吐き出した。

考えてみれば、奇妙な組み合わせだ。

佐野と、幸村と、そして自分。

誰にも言えない秘密の快楽を分け合った仲だというのに、いまこうして、理性ある顔をして向き合っているのがおかしく思えてならない。

——あんなにも獰猛に求め合ったのが、嘘みたいだ。

隣の幸村をちらりと盗み見たあと、正面に視線を戻すのを待っていたかのように、佐野が企《たくら》みめいた笑いを漏らす。

「それにしても——きみたちにしても、マスコミにしても、どうしてそう僕の言うことを簡単に信じるのかな」

「は？　どういうことだよ」

敏感に反応する幸村をあっさりいなした佐野は、優美なラインを描くソファにもたれる。

「まさか、きみらはそろいもそろって、今回のスキャンダルが偶然に起こったものだとでも考えてるのかな？」

「佐野さん……」

「偶然なんて言葉がこの世にあるわけないだろう。すべてのエピソードは意図的に、僕が考えに考え抜いたレールの上を走っていくんだ。前にも言ったが、僕は幸村くんを起用すると決めたときから、洗いざらいきみのことを調べ上げた。もちろん、岡崎くん、きみについてもだ。この調査は現在も続行している。きみたちふたりが僕の目の届かない場所でどういう行動を取るか、徹底して追求するのが当然だと思わないか？」

「なんだよ……。じゃあ、あの週刊誌の写真はあんたが……？」

本気で眉《まゆ》をひそめた幸村に、「そうだよ」と佐野は頷く。

「僕の知り合いに、腕のいい探偵がいてね。きみたちを終始見張るように命じておいたから、あいう写真が撮れたんだよ。雑誌に売り込んだのは、その探偵だ。かなり熱っぽいキスシーンだったらしいじゃないか。むろん、その後きみたちがホテルに入ったことも知ってる。室内の様子まではさすがに追えなかったが——岡崎くん、幸村くんとふたりきりでセックスしたんだろう？

さぞかし淫らな顔を見せたんだろうね。きみがどんなふうに幸村くんを咥え込むか、僕には隅々《すみずみ》まで想像できるよ」

　あまりの言葉に、つかの間、幸村も岡崎も啞然《あぜん》とした。

　声を立てて笑う男は、精神的にどこか破綻《はたん》しているとしか思えない。

　端整《たんせい》な顔に予想もしていなかった凄味《すごみ》を感じ、火を点けた煙草を吸うことも忘れた。

「あんた……、俺たちを罠《わな》にはめたのか？　覚醒剤のネタまで流してどうするつもりなんだよ」

「あれはほんとうにアドリブで切り抜けたんだよ。実際、きみの躍進を妬《ねた》む輩《やから》は日ごとに増えている。過去に一度、違法ぎりぎりの薬に手を出したことがあっただろう。それを利用して、いまのきみも薬物中毒になっているという中傷を流した人物がいたようだが、僕が機転を利かしてうまくぼかしてやったというわけだよ」

「そうだった、んですか……」

　今度こそ、危ない場を切り抜けてくれたことへの礼を言うべきか。

　それより、もっと掘り下げて佐野という人間を疑うべきなのか迷いかねている岡崎に、佐野は煙草を深く吸い込み、前よりもっと楽しげな笑みを浮かべた。

「残念ながらひとの裏をかいたり騙したりするのは、僕にとって日常茶飯事でね。今回のようなことについてまったく良心が痛まないんだよ。そもそも、僕に良心なんてものがあるかどうか、自分でもかなり怪《あや》しいと思ってる。僕自身に関わる人間についてより深く考察するのは、生まれつきの性分だ。……それより、幸村くんにとっても、僕抜きで岡崎くんを抱けたのは悪くなかっただろう。独占欲を満たせただろう？」

「……まあな。三人でやってたときより、岡崎さんも感じまくってたぜ」

即座に開き直った若い男を楽しげに眺め、「きみはどうだった？」と訊ねてくる佐野に、岡崎は言葉を失したままだ。

幸村のように、すぐさま居直れる度胸がないというわけではない。

ただひたすら、佐野という人物がなにを考えているかまったくわからないことに恐れを感じていた。

「その顔じゃ、相当激しいことをしたようだね。想像どおりだ。きみたちがふたりきりになったときにどんなセックスをするか——幸村くんがどんな言葉を吐くか、岡崎くんがどれだけ我慢して喘ぎを殺すか、考えるだけで楽しいよ」

佐野がここまでやるとは思わなかった。

幸村と自分たちの日常を終始見張り続け、絶好のチャンスを捉《とら》えて写真におさめ、それをわざわざご丁寧に週刊誌に売りつけることまでして、なにがしたかったのだろう。

一歩間違えれば、あの写真は諸刃《もろは》の剣《つるぎ》となったはずだ。

『同性との不埒なスキャンダルを生んだ幸村京』という人物を次回作の主役に起用してしまい、佐野自身の名誉を傷つけることになったかもしれないのに。

そんな複雑な感情も、彼にはお見とおしだったらしい。

形のいいくちびるの両端が綺麗《きれい》につり上がった。

「僕には、ほとんどの人間の裏表がわかるんだよ。なにを欲しがっているか、どうやってその欲求を隠しているか。映画という虚構の世界を創るうえで、人間の心理に敏感にならないはずがないだろう？　今回、幸村くんが主役を張る作品では、観客の全員に大切なひとを失う絶望感をとことん味わわせたいんだ。僕自身、執着心というものをまったく持っていない。いまここにある家具も、自分自身だってまぼろしかもしれないとさえ思うことがあるよ。だからこそ、想像上の飢《う》えた気分は現実を超えると信じている」

ひとつ息を吐き出して軽く目を閉じる佐野は、自分だけが知っている世界に浸《ひた》っているような夢見がちな表情だ。

こういう男から、底知れぬ力と闇《やみ》を持つ作品が生まれるのだと思ったら、あらためて背筋が寒くなる。

関わらなければよかった、と悔やむ一方で、彼が次になにを話してくれるか、まったく目がそらせないのも事実だ。

裏返せばそれは、佐野という人物の計り知れない力に魅せられているということにもなる。

「周囲からどんどん親しいひとが消えていく、目と目が合った瞬間なにも言わずに消えていく――でも、その逆もあるかもしれないね。消えているのは彼らじゃなくて、自分のほうだとしたら？

自分の頭がおかしくなっているのもわからずに、どうしようもない孤独感にさらされているとしたら？　どっちにしろ、この世界のどこかにいるたったひとりの他人が自分の存在意義と正気を保証してくれるんだ。それがどんなにロマンティックで恐ろしいものか、映画のラストまで観る者たちを存分に震え上がらせてやりたい。……さて、ここで最初の頃に時計の針を巻き戻してみよう。僕らがいちばん最初に顔を合わせた頃、聞いたことがあるね。――きみたち、気が狂ったことはあるかな？　自分は狂っていないと、いまここで証明できるかな？」

笑うくちびるから吐き出された言葉が、鋭い矢のように胸を貫く。

自分の精神が正常なのか、狂っているのか。そんな曖昧《あいまい》なことを意識した瞬間から、ひとの精神はほころび始めるんじゃないだろうか。

肉体的に怪我《けが》をすれば、誰にだってそれが軽いものか、重いものか判別できる。

だが、精神的な崩壊は許容範囲が広く、なにが正しくて、なにが間違っているのか他人にもわかりにくいものだ。

いいほうに転がれば、佐野のようにずば抜けた感性で映画を撮る立場にもなれるだろうが、悪いほうに転がれば、手に負えない妄想家の烙印《らくいん》を押されるだけだ。

鋭い才能を思う存分にほとばしらせた佐野は、異常者というレッテルを貼られて牢獄に押し込められる代わりに、新進気鋭の映画監督という名誉ある肩書きを手に入れ、東京中の灯《あか》りが見渡せる場所に座り、艶然《えんぜん》と微笑んでいる。

そして、平気な顔をして悪夢のような世界を創り出し、熾烈な言葉の数々を口にするのだ。

「僕はもしかしたら、きみたちに出会ったときからおかしくなったかもしれないと思うよ。幸村くん、岡崎くん、きみらは僕の中にある凶暴性《きょうぼうせい》を誘発させる存在なんだよ。本来、僕はとても冷静な人間のはずなんだけどね。きみたちに関してだけ、なにかがとてもおかしくなる」

佐野の新作を観なくても、この言葉だけで頭が変になりそうだ。

自分も、幸村も、最初から佐野に踊らされていたのだろうか。

すべては彼の計画に沿って動いていたというのか。

「執着心がねえって言うわりには、俺たちにはしつこく食らいついてるじゃねえかよ」

斜に構えた幸村に、佐野は「そうなんだよ」となぜか嬉しそうだ。

「他の者はどうでもいいが、きみたちだけは特別だと言っただろう。岡崎くん、きみはあのままモデルを続けていればそれなりの成功を収められただろうに、早々に表舞台から下りたね。そうして裏方に回って、幸村くんのような鮮度の高い『商品』を見つけて操ることにある種の快感を見出したんだろう。自分では果たせなかった夢を、幸村くんに託したとも言えるかもしれない」

辛辣《しんらつ》な言葉も、佐野独自の品のある声で語られると、自然と頷いてしまうような説得力があった。

――幸村をうまいこと操り、表舞台に出してやりたい。その陰で「うまくいった」とほくそ笑む自分を思い描いていたことは、嘘じゃない。

黙り込み、灰になっていくだけの煙草に気を取られている岡崎に微笑み、佐野は次に幸村を見る。

「それから幸村くん。きみと僕とはまったく真逆に見えるけど、似ているところもあると思うよ。互いに、非常に近いものを持ってる」

「どこがあんたと似てるって言うんだよ」

「空っぽなところが」

不愉快そうに顔を歪《ゆが》ませる幸村に、佐野が笑った。

「確固たるものを求める気持ちは、僕にもよくわかるよ。生身の人間はいくらでも醜《みにく》い嘘をつくだろう。だから、僕は映画を創るんだ。それがたとえ虚構の世界だったとしても、そこに息づくひとびとの命は永遠だし、せりふ以上の嘘は言わないからね。……両親の愛情に恵まれなかったきみは、自分を丸ごと受け止めてくれる相手として岡崎くんを求めて、岡崎くんは自分の欲や夢を満たす器として幸村くんを欲する。僕は僕で、永遠を求めてひとつの世界を創り続けたいと死ぬ間際まで願っているだろうね」

数本目の煙草に火を点け、煙を吐き出す佐野がくっと喉奥で声を立てて笑う。

「結局のところ、僕らは似た者同士なんだよ。目には見えないものを欲しがって、いつまでもあがき続ける仲間だ。その気持ちがある以上、いまよりもっと広い場所に行ける。上に行けるはずだよ」

「……ふざけたこと、ぬかしてんじゃねえよ。あんたの御託を聞いてるとこっちの頭がおかしくなりそうだ」

美しいカットをほどこされたガラス製の灰皿に、吸い終えた煙草を放り投げる幸村の声は微妙に掠れていた。

胸の裡をずばり言い当てられた岡崎も、少しうつむいていた。

それから、三人それぞれに視線を交わした。

佐野の妙な迫力を持った言葉に、幸村とふたりきりで抱き合った最中、――なにかが足りない、と疑問を持った瞬間がよみがえる。

その答えがいま、ようやくわかった。

ねじれた関係は、最初から佐野、幸村、そして自分の三人で始めたことだ。

セックスの楽しみはふたりの人間で分かち合うのが常識的なのに、自分たちの場合、最初から歪んでいた。

仕事と引き換えに当然のように肉体関係を求めた佐野と、『一目惚れしたんだよ』と言いながら力ずくで押し倒してきた幸村と、異なる点を数え上げればきりがない。

けれど、岡崎を欲する、その一点では両者とも頑固《がんこ》に譲らないのだ。

幸村と自分のふたりきりのセックスは、経験豊富でひとを操る術を熟知した佐野にとって、さぞかしいいスパイスだったに違いない。

彼ぐらい想像力が豊かであれば、その場に自分がいなくても愉悦を味わえるのだろう。

──なにかが足りないと、俺も幸村も疑問を抱いた。あの答えがいまならわかる。足りなかったのは、佐野さんの存在だったんだ。俺も、幸村も、佐野さんも三人で奪い合い、ぶつけ合った快感を忘れられなかったんだ。

「じゃあ、ここでもう一度聞こうか。岡崎くん、どうする？　僕を選ぶか、幸村くんを選ぶか」

「それとも、俺たちふたりを捨てるって選択肢もあるよな」

場違いなほどに真剣な視線にさらされ、喉がからからに渇いた。

ふたりの人間、ふたつのものが目の前に置かれた場合、どちらか一方を選ぶのが、世《よ》の常《つね》だ。

岡崎はすぐには答えられなかった。

──幸村も、佐野さんも、俺にはまったくないものを持っている。だから、結局、最後には歯噛みしてでも快感を分け合うことを許したんだ。

彼らが好きなのかどうかと問われたら、きっと答えに窮してしまうだろう。

そんな簡単な言葉では片付けられないほど、激しく、そして複雑にねじれた想いを、岡崎は彼らに抱いていた。

それを言葉にするなら、「崇拝」というものかもしれない。

自分には手の届かない世界の鍵を、彼らはそれぞれに持っている。それがどれだけ羨《うらや》ましく、ときに妬ましく思えるか。

たとえば、佐野を選べば、彼の中に生まれるとびきり美しく儚《はかな》い反面、思いきり胸が悪くなるような物語をずっと聞いていられるだろう。

年上で頼れる面はもちろん、世界中に顔が利く男についていけば、まだ知らなかったさまざまな景色を目にすることができる。変わった感覚を持つ男のそばにいれば、自分の中に眠っている感性を呼び起こし、磨くことができるかもしれない。

無意識に品定めするように、すっと視線をすべらせる岡崎に、幸村も佐野も気を悪くするどころか、この事態をおもしろがっているようだ。

もしも、幸村を選べば、それこそ一生そばにいてくれて、頭がおかしくなるぐらいに愛されるだろう。

これから先どこへ向かうか、まだはっきりとした枠にはまっていないぶん、彼が持つ可能性は無限大だ。それを引きずり出し、一緒に磨いていく作業にも憧《あこが》れる。幸村ほどの器なら、いずれは、マネージャーの手を借りずとも存分に魅力を発揮するときが訪れそうだ。それでも、絶対に自分の手を放すことだけはしないだろうと信じられる。

それだけ、執着されている実感があるのだ。

結局は、どちらにも強く焦《こ》がれているのだ。どちらも選べないほどに。

両方を捨てるなんて考えは、最初から持っていなかった。

だが、胸に棲《す》むその想いを素直に打ち明けるのは絶対に嫌だ。

どれほど強烈な快感を突きつけられても最後まで崩れず、媚態《びたい》を示さず、彼らのあいだできわどく揺れながらも自分を見失うことなく、ここまで来たのだ。

——どちらかひとりを選べば、もう二度とひどい屈辱感に苛まれることはない。

しかし、岡崎の賢い本能と賢い身体は知っている。

涙が滲む屈辱と恐ろしいまでの快感は、表裏一体だということを。

佐野と幸村を見比べ、長い長い時間をかけて、ようやく岡崎は言った。

「……どっちも選べない」

ふたりの男が同時に笑った。

その高らかな笑い声は、最初から岡崎の答えを見抜いていたような爽快感《そうかいかん》にあふれていた。

あまりにも可笑しかったのだろう。笑いの発作《ほっさ》が治まっても佐野はときおり肩を揺らして微笑み、幸村も「参るよな」と言いながらやわらかなライトを弾いて輝く短い髪をかき回す。

「岡崎くんがそう言うなら、この関係を続けていくまでだ。幸村くん、僕たちふたりで岡崎くんを愛してやろうじゃないか」

「……しょうがねえな。なあ岡崎さん、どっちも選べないってのは、結局俺たちふたりとも欲しいってことなんだろ？　前にあんたが聞いたよな。仕事と引き換えに身体を求められたら、おまえはどうするんだって。いまの俺はそんな問いかけを投げられてる気分だよ。——あんたがいまここで、俺と佐野さんのどっちかひとりにしておきゃよかったって悔やむぐらい、徹底的にやってやるよ」

　本性を剝き出しにしたふたりの大きな手に摑まれ、岡崎はむりやり立ち上がらされた。

　早くも、頭の中に白く熱い靄《もや》がかかり始めていた。


　初めて足を踏み入れた佐野の寝室は、シンプルのひと言に尽きる。

　真っ白な壁に真っ白なシーツがかかったキングサイズのベッドが部屋の中央に据《す》えられ、手が届かない高い場所に窓がぽつんとひとつだけあった。

　こんなところにひとり押し込められたら、即座に発狂しそうだ。

　だが、三人でいても、それはそれでまた違う種類の狂気を呼ぶ。

　白い牢獄のような場所で岡崎はふたりがかりで衣服を剝ぎ取られ、ついでにネクタイで目隠しをされた。

「今日はちょっとおもしろいことをしよう。岡崎くん、きみはいまからなにも見えなくなる。その代わり、感触で僕らを判別してごらん」

「……っ……」

　暗闇の中、熱いくちびるが重なってきて、舌がくねり込んでくる。

そこからとろっと伝わる唾液《だえき》を飲み干し、淫猥に搦め取ってくる舌から逃れようとしても、べつの手が胸をまさぐり、男の手で弄られる快感を知った乳首はこりっとした熱い芯を孕ませていく。

「……ん……ぅ……っ」

なにも見えない。

四本の手が自分の身体中を這いずり回り、争うように岡崎のくちびるを奪う。満足に息ができない苦しさは速やかに快感へと繋がり、岡崎の感度を研《と》ぎ澄《す》ましていく。

誰のくちびるに胸の尖りが含まれ、誰の指で触られているかもわからない。

乳首の根元を執拗にいたぶるくちびるは、幸村だろうか。

いや、違うかもしれない。

いちばん最初にそこに触れてきたのは、佐野のほうだ。

硬く、いやらしく勃《た》つ肉芽をちゅくちゅくと吸い、それでも飽きたらずに親指と人差し指で、ぐっぐっと揉み潰してくる。

その力強さはやはり幸村のように思えたが、ネクタイで視界をふさがれた状態では、押し寄せる快感に精一杯声を殺すほかなかった。

「抜群にいやらしい触り心地になったな。こんなに真っ赤に腫らして……ずっと触っていてやりたくなるよ」

「岡崎さん、いつの間にか乳首でもよがるようになったよな。ちょっと弄っただけで硬い豆粒みたいにしこらせてよ……、もしかしたら、そのうちココを触るだけでいけるんじゃねえの？」

幸村の声が聞こえた次には尖りきった乳首をぺろりと舐められ、凄《すさ》まじいまでの快感にざっと肌が震えた。

「ほんとうにいい色になったよ。もっと開発して、シャツ一枚じゃいられないぐらいに大きくしてやろう。きみのいやらしくふくらんだ乳首が透けて見えるぐらい、いつか他の奴が気づくぐらいにね」

「……っぁ、あぁ……っ」

「でもよ、間違っても他の奴に触らせるなよ。そんなことしたらぶっ殺してやるからな」

物騒な言葉すら、快感を煽《あお》る火種《ひだね》になる。

左、右と乳首をねじられ、揉まれて、舐めしゃぶられた。

どちらも指の強さが違い、歯が食い込むタイミングも違う。

そそり勃つ胸の先端をふたりの男に同時に責め抜かれているとわかったら、瞼が熱く潤《うる》み、知らずと腰が揺れてしまう。

触られる前から性器が反応してしまっていることも、彼らにはとっくにばれているのだろう。

自分だけなにも見えない状態に置かれるのが、こんなにもつらく狂おしい快感を呼ぶとは知らなかった。

れていた。


「……幸村……、佐野さん……」

嗄《しゃが》れた声で呼ぶと、硬く熱いものが頬にあたる。

「触ってみろよ」

どちらの声か判別がつかないうちに、岡崎は右と左、それぞれの手に硬く脈打つ男根を握らされていた。

両方ともエラが張り出し、粘りけのあるしずくをとろとろとこぼしている。

ぬるっと手をすべらせると欲情に満ちた吐息が聞こえてきて、手の中の脈動が激しくなった。

「咥えろ。根元までちゃんとしゃぶるんだ」

命じる声と一緒に頭を摑まれ、右手で摑んでいた肉棒を口いっぱいに頬張らされた。

「ん……く……ぅ……っ……んっ……」

凶器のように鋭く反り返る塊で頬の内側や上顎を擦られ、岡崎はくぐもった声を漏らした。

そんなところまで感じてしまうようになったのは、彼らに抱かれてからだ。

とくに、喉の最奥を亀頭で突かれると、頭の中まで犯されたような感覚に陥る。

吐き気を催し、息が詰まるほど苦しいのに、やわらかな喉の粘膜は男の味や感触をしっかりと覚えていて、思わず夢中になって肉棒を咥えてしゃぶり立ててしまう。

生々しくコクのある先走りが舌に残り、忙《せわ》しなく息継ぎしながら奉仕する一方で、左手に摑まされた怒張を扱《し》くことも強いられた。

先走りで濡れる亀頭で、敏感に尖りきった乳首をぐりぐりと擦られることまでされた。

「こっちも舐めろ」

「あ、……ッ……」

じゅぽっと音を立てて口から抜けた男根に、べつの熱い男根が押し込まれる。さっきよりもずっと太く、大きく感じるのは気のせいだろうか。

もしかして、もう、気が狂ったんだろうか。

「岡崎さんってマジでエロいよな。男のチンポを二本もしゃぶらされてるのに、自分まで感じまくってぬるぬるになってるぜ。もしかして、最初から乱交に向いてる身体だったのか？」

「それは言い過ぎだろう。彼は単なる男好きじゃないよ。僕らが手間暇かけて、そういう身体にしてあげたんじゃないか。……ここも、もう、ほころんできた」

「……ッ――ぁ……っ！」

濡れた指が突然、窄まりにぐうっと挿り込んでくる。

あらかじめ指がローションで湿らされていたせいか、痛みはそれほど感じなかった。

だが、なにも見えない状態で犯されるのは慣れていないから、がくがくと全身が震えるのを抑えられない。

「大丈夫、僕らがきみにひどいことをするわけがないだろう？　安心して、思いきり乱れればいい」

佐野のやさしい声が聞こえてきた。

――これがひどいことじゃなかったら、この先することはなんだっていうんだ。

内心で反駁《はんぱく》しながらも、くちびると窄まりを同時に犯されるあの熱い感覚に、内側がしだいに昂ぶっていってしまう。

疼いて湿る粘膜を引っかく長い指が幸村のものか、佐野のものか、もうなにもわからない。

いまの自分はただ、感じるだけの存在だ。

岡崎の理性を無視して、ぐちゅぐちゅと卑猥な音を立てる肉洞が指をしゃぶり、もっと太くて硬い男自身を欲する。

「――ん、く、……っ」

とめどない興奮の烈火《れっか》に、ふたりの男も飲み込まれたようだ。

ネクタイがほどかれ、まぶしさに目を思わず細める岡崎の両足を大きく拡げ、額に汗を滲ませる幸村が突き挿れてきた。

「……っあ、あぁ……っ！」

激しい劣情《れつじょう》に堪えきれず、太く逞しい幸村のものを挿入されたとたん射精してしまった。

「へえ、……触ってもないのに挿れただけでいくなんて、初めてじゃん。岡崎さん、俺に犯されるのが好きになったんだ？　うしろだけでいけるようになったんだから、そうだろ。もう、俺なしじゃだめだってことだよな？」

達した直後で敏感になりすぎているペニスを弄り回され、岡崎は泣き声に近い悲鳴を上げた。

笑いながら、胸に飛び散った白濁を指ですくい取って舐める幸村が、「奥までもっとよく見せろよ」とぎりぎりまで岡崎の両足を拡げる。

「岡崎さんのココ、俺を咥え込んでひくひくしてる。中もめちゃくちゃ熱くてたまんねえ……。こんな感覚、女でも感じたことねえよ……。乳首もそうだけど、うしろもかなり使い込んでやったから、いい感じに締まるようになったよな。佐野さんじゃこうはいかなかっただろ」

「ん――ぅ……っ」

「そう言われると黙ってられないな。岡崎くん、あとで僕も味見をさせてもらうよ。どれだけ幸村くんがきみと深く繋がっていても、僕という存在がなかったらもの足りないことを存分に教えてやる。――ほら、岡崎くん、口がおろそかになってるよ。僕の精液をたくさん飲ませてあげるから、上手におしゃぶりしてごらん」

ずくずくと突かれたまま、佐野のもので口をふさがれ、どこまで感じてしまうのかわからなくて自分でも怖くなってくる。

みずから、三人で交わることをはっきりと選んだわけではないのに、手も足ももがれてしまいそうなほど揉みくちゃにされて、きつく組み敷かれる瞬間を、ずっと待ち焦がれていた気もする。

細く尖らせた舌先でひくつく佐野の性器の割れ目をなぞり、弾力のある生々しい肉の色を間近に見た。

そこからあふれ出すしずくを一滴もこぼすまいと岡崎が懸命につたない口淫を続けると、佐野が端整な顔をしかめ、欲望のままに腰を突き動かしてくる。

「ああ、もういきそうだ……。岡崎くんは、男のものを咥えているときがいちばんいい顔をしているよ」

「……だよな。俺も中にたっぷり出してやる。いっそ、岡崎さんを孕ましてやりてえよ」

「あ、あぁ……っ！」

ふたりの男が同時に動き出し、びゅくっ、と大量の精液が顔中にかけられた。きつく男を咥え込んで離さない尻の熱くぬかるむ最奥へも、あふれるほどにそそぎ込まれた。

ふたりとも岡崎との交わりに興奮しきっているようで、射精はいつもより長く、濃厚だ。受け止めきれない残滓《ざんし》がとろっと尻の狭間《はざま》を濡らしていくのが、たまらなく恥ずかしい。

三人分の淫らな息遣いが支配する部屋で、おぞましいまでの快楽と羞恥に満ちた時間は、いつまで経っても終わりそうになかった。

まだいくぶんか硬さを残した幸村が満足げにずるっとおのれのものを引き抜き、「喉、乾いた。なんか飲んでくる」と言う。

「俺がいないあいだに、勝手な真似《まね》するなよ」

裸の背中を向けて部屋を出ていく男の奔放《ほんぽう》さを罵《ののし》る余力もない。

ねっとりした白い精液にまみれて息を荒らげる岡崎の顔をタオルで拭《ぬぐ》い、佐野が困ったような顔で笑いかけてきた。

「どうして僕もあいつも、ここまできみに執心してしまうんだろうね？　僕もいままでいろんな男や女を抱いてきたが、岡崎くんみたいになかなか折れない芯を持ったひとは初めてだよ。肉欲に溺れて自制がきかなくなるなんて、まさか僕自身に起こるとは思わなかった」

「佐野、さん……」

力の入らない岡崎を抱き起こし、佐野が膝《ひざ》の上に抱え上げる。

「幸村くんがいないあいだに、きみの中に挿れてやろう。僕と繋がるのはこれが初めてだよな。……幸村くんとは違うやり方で、気持ちよくさせてあげるよ。お望みなら、何度でもいかせてやる。これでも僕は結構タフでね、幸村くんにはけっして負けないと思うよ」

年上の男は短時間のうちに力を取り戻し、岡崎の尻を押し開きながら下からゆっくりと貫いてくる。

初めての体位で味わう、初めての佐野の引き締まった肉塊に、岡崎は思わず喘ぎながら無防備に大きく胸を反らせた。その隙を捉えられ、ぴんと先端を尖らせていた乳首をぎゅっとひねり潰された。

「あぁっ……！」

ついさっきまで、そこを征服していた幸村のものとはまったく違う、残酷なまでに硬く、長い肉棒に挿し貫かれ、声も出ない。

ただ、熱く苦しいばかりの息だけが肺のずっと深くから、はっ、はっ、と小刻みに漏れ出て、そのたびにずぶずぶとやわらかに蕩けた肉が佐野を食《は》んでいく。

幸村の出したものがまだ内側に残っていて太腿《ふともも》を濡らすほどなのに、それも厭《いと》わずねじ込んでくる男は、本気で岡崎の身体を食らい尽くす気だ。

「……いいね。二度目だからかな、よけいにいやらしく絡み付いてくる。こんなに淫らな反応をする男はそうそういないよ。幸村くんが執着するのもわかるな。……どうだろう、僕はきみを愉しませてるかな？」

「……っん……あぁっ」

ようやく根元まで挿ったところでずくん、と強く突き上げられ、もやもやしていた快感が急激に高まり、岡崎を悶《もだ》えさせる。

佐野の腰遣いは驚くほどに巧みで、幸村の荒っぽい動きでとっくに尽き果てたと思っていた官能が、再びじわりと身体の奥底から滲み出してくる。

「幸村くんは、きみを独り占めしたくてたまらないようだね。でも、僕としてはいまのような関係が結構気に入ってるんだよ。ふたりでやれることなんてたかが知れてるじゃないか。その点、三人いればいつだってなにかしら新鮮なことができるはずだよ。……幸村くんの精液でたっぷり濡らされたきみは、ほんとうにいい味わいだ。あとで、僕のも中に出してあげよう。僕らの精液でぐちゃぐちゃにされてよがるきみの顔は、きっととても素敵だろうね」

ゆるく、浅く突かれて、奥まで満たしてもらえない空虚さに岡崎が全身をよじって抗《あらが》うと、涙が滲むほど乳首をきつく噛まれる。

幸村とはまったく違う形、大きさの亀頭で入口を擦られ、抜かれそうになったとき、無意識に佐野のものを締めてしまうのが自分でも嫌《いや》だ。

「いや、だ……こんなの、は……っ」

「そうかな？　乳首を弄ってあげながら突いてやると、岡崎くんの内側はよけいに熱く潤んで僕に絡み付いてくるよ。幸村くんもずいぶんたくさん出したもんだね。きみの中がねとねとになってる」

幸村だったら、こっちの言い分など聞かずに激しく挿入してくるが、佐野は違う。

岡崎の反応をひとつひとつ確かめながら動くだけの余裕と、意地の悪さがあった。

一度達してもなお、雄々しさを失わない肉棒を奥底まで飲み込む尻を両手で揉みしだき、内側で感じる男の強大さを嫌というほどに突きつけてくる佐野にくちづけられ、とろみのある唾液を交わした。

念入りなやり方と、獰猛なやり方が、それぞれの年の差、経験の差を表すのだろう。

どちらがいいなんて選ぶ余裕がまったくない岡崎は、しだいに激しくなる腰遣いから振り落とされないよう、無我夢中で佐野の広い肩にしがみついた。

タフだとみずから言っただけのことはある。

ひくひくと淫らな収縮を繰り返す窄まりを何度も突いてくる佐野のそれは斜め上に反り返り、幸村に感じさせられたところとはべつの場所をしつこく嬲《なぶ》ってくる。

そのうち、ある一点だけが気持ちいいという感覚を超えてしまった感覚がやってきた。

男根をはめ込まれた肉洞すべてが熱く爛れるほどの快感に襲われ、岡崎はたまらずにすすり泣いた。

男の味を覚え込んだ尻をきつく摑み込まれるのも、どうしようもなく気持ちいい。

「自分でも動いてごらん」

うながす佐野の言葉に従えないでいると、指が尻に食い込み、折檻《せっかん》するように強く、腫れ上がるほどに叩かれて、じわっと痺れた快感がそこから身体中に滲み出していく。

理性と身体を結ぶ最後の神経が焼き切れそうな凄まじい官能に、口の端から唾液があふれ出していく。

嫌々ながらも、岡崎はぎこちなく腰を振った。そそり勃つ肉棒をみずからじゅぷ、ぐちゅ、と飲み込むあいだ、だんだんとその行為がおのれにとってもっとも気持ちいいものだと悟り、佐野がまったく動かずに自分の痴態《ちたい》に笑っていることにも気づけなかった。

幸村や佐野の手にかかったら、内側だけで感じるのではなく、皮膚の表面からすべて性感帯に変わっていくのだ。

性器を舐められたり、前立腺を擦られるだけでは満足できなくて、もっともっと深いところで男を味わいたい。佐野や、幸村の感触を身体全体で知り尽くしたい。

頭の中が真っ白になるようなドライ・オーガズムを味わい、射精もしていないのに何度も達してしまうのは初めてだ。

性器は痛いほどに張りつめ、天を向いたままで細く透明なしずくを垂らし続けていた。

「あっ、あぁっ」

白い壁に反響する、感度のいい喘ぎに佐野も気をよくしたらしく、ずりゅっとひねり挿れたあと、充血してふっくらと腫れる粘膜を大きな亀頭でしつこく擦ってくる。

そこが岡崎の感じる場所だとわかったのだろう。

ねじ切るような激しい動きをしたあとは、もどかしいばかりのやさしい動きに変え、岡崎を徹底的に狂わせた。

「さっき、口で散々味わってもらったのが楽しかったよ。おいしそうに僕のものを頬張るきみは何度見ても飽きないね。……それにしても、岡崎くんも幸運な男だ。一度にまったく違うふたりの男を受け入れるなんて、めったにないことだろう」

「おい、俺の岡崎さんに勝手なことすんなって言っただろうが」

突如聞こえてきた声に朦朧《もうろう》とした意識で振り向くと、ミネラルウォーターのボトルを片手に持つ幸村が近づいてくる。

それからベッドの端に腰を下ろして顔を傾け、佐野にぐっぷりと貫かれている岡崎のそこを興味深げにじっとのぞき込んでくる。

「な……見る……な……っ幸村……っ」

　自分のそこがどんなふうに拡げられて男を受け入れているのか、幸村のきつい視線で視姦《しかん》されているとわかると、身体中が燃え上がりそうなほどの恥辱に苛まれる。

　それが微妙な振動になり、佐野にも伝わるのだろう。

「さっきよりもぐずぐずになってきたじゃないか。……可愛いな、きみは。ほんとうに淫乱な身体になったね」

「岡崎さんもハメられたところを見られたほうが感じるんだろ。いくら口で違うって言ったって、あんたのココ、勃ちっぱなしじゃん」

「幸村くんの言うとおりだ。今度三人でするときは、最初からビデオを回しておこう。それをみんなで見ながら、岡崎くんをまた犯してあげるのも楽しそうだ」

　ぬめったペニスを握られ、先端の割れ目にきつく指を食い込まされると、思いがけないほどの痛みと快感があふれ出し、甘く掠れた声が漏れる。

　佐野と繋がったままなのにも構わず、幸村に顎《あご》を摑まれて強引にくちづけられた。甘く感じられる水を口移しで飲まされても一向に渇きは衰えず、唾液をこぼしながら幸村と夢中になって舌を啜《すす》り合った。

　三人の手足が複雑に絡み付き、岡崎の感覚をますます昂ぶらせ、貪欲にしていく。

「……俺も勃ってきた。岡崎さん、舐めてくれよ。もう一度やろうぜ」

「ん……っ」

体位を変え、四つん這いにさせられた岡崎はうしろから佐野に責められ、くちびるに幸村の巨根を咥え込まされた。

若い男のそれは先ほどよりも力強くぐんとみなぎり、佐野とは違う快感を与えようと躍起《やっき》になっているように思えた。

「……っふ……っぁ……」

どんなに口を大きく開いても中ほどまで含むのが精一杯なのに、幸村は簡単に許してくれるようなやわな男ではない。

「佐野さんが出したら、今度は俺がまた挿れてやる。今度はもっとたくさん出してやるから、覚悟しとけよ。……あんたにハメながら死ねたら本望かもな」

「僕もそうだよ、岡崎くん。こうやってきみを犯してると、生きてる実感が味わえるよ」

感度はこれまで以上に張り詰めていて、ひくん、ひくん、としなる性器の先から精液がとろとろとしたたり落ちて、上質の絹のシーツを濡らす。

いきっぱなしの状態が続き、頭の中まで蕩けてしまうようなねじれた悦楽は、岡崎から理性や常識というものを片っ端から剝ぎ取っていく。

明確な射精感のない絶頂の淵へと追い詰められ、岡崎は声を嗄れさせて喘ぎ続けた。

――もう、やめてほしい。

――誰か、助けてほしい。

――でも、このままでいたい。

――ずっとこのままがいい、死ぬまでずっと。

――死ぬまでずっと三人でこの感覚を味わっていたい。

この快感が終わっても、次がある。

それが終わってもまた次があり、その次の次もあり、この快感が枯れ果てることはけっしてない。

力いっぱい手を摑まれ、足を拡げさせられ、交互に食い散らかされる最後に、なにが残るのだろう。

気が狂うような快感をひたすら追い求めて、なにが手に入るというのか。

それが最初からきちんと的確な言葉で言い表せていたら、誰もこんな複雑な関係を求めていなかっただろう。

理性で解決できない問題は、本能に任せてしまうのがいちばんいい。

悩ましく濡れた皮膚と皮膚が重なる時間に、常識なんてつまらないものはいらない。

いつか、佐野のフィルムに鮮やかに焼き込まれるだろう、はしたなくも艶めかしく男を誘う姿態は、幸村と佐野と自分だけの秘密だ。

誰にも知られない作品が、ここにひとつ。

誰にも知られたくない世界が、ここにある。

その世界の鍵を持つふたりの男に抱きすくめられ、深すぎる官能に涙する岡崎の両頬に、佐野と幸村が笑いながらくちづけてきた。


佐野の予告どおり、数週間後には新作映画の制作発表会が都内のホテルで大々的に行われることになった。

今夜の発表会に出るのは、監督である佐野と、主人公を務める幸村のふたりだけだ。

ほかのキャストに関しては追々発表していくということで、幸村の浅いキャリアを考えてみても豪華すぎるセッティングに、ロスタ・プロダクションの社長はおろか、取材に駆けつけた大勢のマスコミ陣もひどく驚いたようだ。

「何事も最初が大事なんだよ。演技力はあっても、幸村くんは俳優としてまだまだ新人の枠だろう。他のキャストと混ぜてしまって個性が薄れるとは思わないが、僕とふたりだけで出たほうが大きな話題になるだろうからね。こういう方法を選んだんだ」

蒸し暑い夏の夜にふさわしく、張りのある麻のスーツで決めた佐野は控え室で悠然と構えていた。

すぐそばに座る幸村は対照的に濃紺のスーツで身を固め、窮屈そうにネクタイを引っ張っている。

「まったく、面倒な格好させんなよ。発表会って言ったって、どうせあんたがひとり喋《しゃべ》りまくるんだろ」

「そりゃそうだよ。僕の生み出す世界に、きみはあとから生まれてきたんだから。先人の言うことに従うのは当然だろう?」

独特の言葉遣いに慣れてきたらしい幸村は苦笑し、「なあ」と隣に立つ岡崎の腰のあたりに頭を押しつけてきた。

「この発表会が終わったら、あんたとしたい。今日の帰り、うちに寄れよ」

「きみという奴は……」

呆《あき》れたように、佐野が声を上げて笑う。

岡崎も仕方なしに苦笑いするしかなかった。

若い男の尽きない欲というのは、いったいどうなっているのだろう。

こうして立っているだけでも、気を抜くと膝ががくがくするほど、昨晩も散々彼らふたりにむさぼられたというのに、幸村はそれでもまだ足りないようだ。

明け方、佐野がつかの間の眠りに落ちていたあいだも、そうだった。

汗と精液で汚れた身体に熱いシャワーを浴びていたところへ、幸村がもう何度目かわからない性交をしつこく求めてきて抗ったが、結局力に押されて、立ったまましろから強引に犯されたのだ。

もう数え切れないぐらい彼らを受け入れたそこは、挿れられた瞬間から敏感に疼くようになってしまっていて、今朝も幸村が背後からねじ込んでくると同時に、熟れきった肉襞が震えて大きな男のものを貪欲に包み込んでいた。

性器を弄られるだけで達していた頃よりも、この行為にはずっと深い快感があると岡崎も内心では認めているが、絶対に顔に出さないと決めている。

ぎりぎりの線で堪《こら》え、なんとか幸村のマネージャーとしての威信を保ち続けることが、彼の闘争本能をかき立てる原動力になると岡崎はよくわかっていた。

果てない欲情を抱く幸村は、いつでもどこでも、そこに岡崎さえいれば寸暇《すんか》を惜《お》しんで抱き合いたいらしい。

「昨日も三人で抱き合ったばかりじゃないか。たまには僕ひとりに岡崎くんを譲ってくれよ。今朝だって、僕がちょっと寝ている隙にふたりでバスルームに閉じ籠《こ》もって勝手にやっていただろう」

「佐野さん、あれは……」

幸村のほうが一方的に、という言葉を飲み込んだのは、佐野が左眉を跳ね上げて笑ったことで、心底腹を立てているわけではないとわかったからだ。

　彼の性癖が一風変わっているというのも、やっと最近わかってきた。

　幸村と代わる代わる、岡崎を犯す淫靡《いんび》な愉しみを味わうほかに、たまにひとり抜けてゆったりと煙草を吸い、幸村がやりたい放題にするのをそばで見ているのも好きらしい。

　そんなときの佐野の目は映画監督らしく妙に醒《さ》めていて、幸村に深々と貫かれている岡崎としては奇妙な興奮を感じてよけいに喘いでしまう。

　――ひとり抜けるのは、自分の正気を確かめるためかもしれない。ふたりしかいない世界だったら、互いの熱に侵されて、どっちが狂っているかなんてこともわからなくなる。だけど、三人いれば、誰が間違っていて、誰が正しいのか――ひとりぐらい、正気を保って冷静に判断できるんじゃないだろうか。

　幸村の目が離れ、たまたま佐野とふたりきりになったときには、ローターや男のものの形をしたリアルなバイブレーターで感じさせられることがあった。さまざまなおもちゃを岡崎に咥えさせたり、挿れてみたりして、しまいには放置することも多々あった。延々と続く快感に拘束《こうそく》されて悶え、汗を滲ませる岡崎を離れたところで愉しみ、一部始終をビデオに収めるというのも変わった佐野らしいやり方だ。

　そういうとき、きまって彼は言う。

『幸村くんには内緒だよ。……でも、そのうち僕のほうからばらしてもいいな。あのビデオテープを見せたら、幸村くんはさぞ怒るだろうね？』

年若の男が激情的な性格だと知っていてそんなことを言うのだから、佐野もたちが悪い。

そして、『内緒』という言葉は岡崎に罪悪感とねじれた快感を抱かせるのだ。

――もし、佐野さんがこんなことをしていると幸村が知ったら、どんなに怒るか。

だが、結局は自分のもとを離れられない幸村のことだ。

心底腹を立てながらも、むきになって岡崎を組み敷き、淫らな言葉で散々毒づきながら挿し貫いてくるだろう。

その凶暴さを思うだけで、身体の芯に淫蕩《いんとう》な炎が灯《とも》りそうだ。

たぶん、そういうこともすべて佐野にはお見とおしだろう。

煙草を吸い終えた佐野が、膝にこぼれた灰をさっと払う。その指先で何度もいかされたのは、たった数時間前のことだ。

「そもそも、今日の発表会だってきみの名前を一躍世に知らしめるためのものなんだよ。少しは遠慮というものを覚えたらどうかな」

「冗談じゃねえ。あんたの前で遠慮してたら、いつ岡崎さんをかっさらわれるかわからないだろ。べつにこの発表会だって、俺が『やってください』って言ったわけじゃねえだろうが。なんだったら、マスコミの前で俺たちの関係をばらしたっていいんだぜ。いつも二人でセックスしてます、ってな。そうなったらもう、あんたの映画どころじゃなくて前代未聞の大騒ぎになるぜ」

「やれるもんならやってごらん。ほんとうにそんなことをしたら、きみの大好きな岡崎くんがどう思うか。ねえ、岡崎くん？　きみのお抱えタレントはいつまで経っても幼くて困るよ」

挑発するような視線を向けられた岡崎は微笑を浮かべ、安心しきって頭をすり寄せてくる幸村の機嫌を取るようにうなじをするっと撫でた。

幸村と佐野。異なった毛並みを持つ獣のどちらも怒らせるつもりはないし、飼い慣らすつもりもない。

だが、こっちも黙って服従する気は毛頭ない。

このアンバランスな関係を続けていきたいなら、才能ある彼らとどこまでも張り合うことが重要だ。

弱々しく崩れたら最後、彼らの中にある凶暴性は鳴りをひそめ、他の新鮮な獲物へと視線を移してしまうだろう。

——そう、俺は賢いからわかっているんだ。幸村も、佐野さんも、最後の一線でくずおれない俺を求めている。だからこの先も、俺はどちらにも寄らない。誰のものにもならない。俺は俺のままでいればいい。

上等な血を引きながらも、ひとつきっかけさえあれば暴発するような荒々しさをひそめた若い男の髪を撫でながら、岡崎は低い声で言い切った。

「発表会の席で、妬みや反感を買うようなことは一切言うな。おまえはまだ新人なんだ。佐野さんの言葉を受けて真面目に答えればいい。――もしも、マスコミの前でおまえ自身のイメージを崩すようなことを口にしたら、即刻クビだ。二度とそのツラを俺の前に見せるな」

「岡崎さんらしいな、そのせりふ。やっぱり俺、あんたが大好きだよ」

喉を反らして幸村が笑い出したとき、控え室の扉を叩く音が聞こえた。

「佐野さん、幸村さん、そろそろお時間です」

スタッフの声に佐野と幸村が立ち上がり、互いに笑いながら部屋を出ていく。岡崎も彼らのあとを追った。

発表会が行われる広間には、早くから多くのマスコミが駆けつけていると聞いていた。

皆、三年ぶりの佐野作品の概要を知りたいがために押しかけたのだろうが、少し前、幸村と岡崎が車中でキスを交わした写真が週刊誌に掲載されて世間をにぎわせたことも、やはり話題づくりに一役買っているのだろう。

広間の扉を開いて中へと静かに入り、豪華な屏風《びょうぶ》の裏で、スタッフとなにやら打ち合わせをしている佐野や幸村の横顔に、今朝見た、淫蕩な匂いはまったく感じられない。

――欲情にまみれた彼らの顔を見られるのは、いまのところ俺だけだ。

なんとも言い難い優越感に浸れるのは、光を浴びない裏方ならではの役得かもしれない。

まぶしいライトを浴びる彼らは大勢の視線を浴びて一層輝くぶん、くっきりとした影も背負わされるのだ。

少しうしろで、スタッフの手によってスモークが焚かれ始めた。『霧の中に』と題した佐野の次回作の雰囲気を盛り上げるための演出のひとつで、天井の灯《あか》りも絞られる。

マスコミのざわめきがより高まっていくなか、岡崎はゆったりと透けて立ち上っていく白い煙を目で追った。

佐野がこれから語る世界では、幸村の演じる主人公のキョウをとおして、観客の誰もが親しいひとを失っていく強い不安感にさらされるはずだ。

毎日、ひとりずつ、姿を消していく。昨日までの温《ぬく》もりを残したまま、ただ、本人だけがいなくなる。

やがてその数が増え、目にした命あるものが次々に消えていくなかで緊張と恐怖がピークに達したとき、それまで鼓膜《こまく》を突き抜けんばかりとしていたざわめきがまるで嘘のようにすうっと消え、静寂が世界を制していることに気づくのだろう。

だが、刻《とき》すでに遅く、取り返しのつかないところまで来てしまったと悔いても、後戻りはできない。

時計の針を巻き戻してみても、誰ひとり帰ってこないとわかれば、先に進むしかない。つかの間の夢を見せてくれるドラッグがあちこちに散らばっていても、無意味だ。どんなにトリップしても、いずれは、「もう誰もいない」という現実に戻らされるだけだ。

——俺は気が狂ったんだろうか。どうして誰もいないいんだろう？　どうして俺だけ残されたんだろう？

いくら考えても答えが出ない疑問にキョウの足はふらつき、視線も定まらない。どこへ向かうか、自分でもわかっていないのだ。

だが、そのうちだんだんとこの大仕掛けのからくりが暴かれていく。

——どこかに、俺以外にもうひとりいる。『選ばれた世界へ、もうひとり』と書き残されたメモが、それを示している。

錆《さ》びた世界の扉を閉めて、なにもかもが新しい次の世界へ通じる扉の鍵を持つ相手を探す旅の最後には、がらんと人気のない、白い靄《もや》が立ち込める遊園地が待っている。

——俺は望んでもないのに、『選ばれた』人間になってしまった。もしも、この世界にほんとうに神さまがいるなら——俺に次の世界の扉を開かせたいなら、絶対にもうひとり、他人がいるはずだ。なぜかって、俺ひとりでは正気を保てないから。寂しがりやな人間はふたり以上いて、初めて自分の存在意義がわかるから。

必死に伸ばした指先さえも白い霧にとけて見えなくなるような不安に襲われるのは、現実でも同じだろう。

幸村も、佐野も、つねに誰かを捜し求めている。

自分が、いまここに存在している。まぼろしでもなんでもなく、現実に生きている——そのことをはっきりと証明してくれる誰かの熱のある手を求めて、永遠にさまようのだろう。

それが彼らの選んだ人生観で、きっと、自分もそうだ。自分だけを強く求めてくれる存在を、こころのどこかで必死に捜している。

それが幸村なのか、佐野なのかは、いまの時点ではわからない。

——いっそ、ふたりまとめて霧の向こうからやってきても構わない。それにしても、才能にも地位にも恵まれた彼らが、どうして裏方の俺にここまでこだわるんだろう。ひょっとしたら、俺には俺だけの強い軸があって、それをなんとかして壊したいと彼らを誘発させているのかもしれない。俺自身が、そうと意識していないだけで。

とりとめないことを思い浮かべているところへ、ふと振り返った佐野と幸村がふたりして足早に近づいてくる。

なにごとかと顔を引き締めた岡崎に、幸村と佐野がほぼ同時に口を開いた。

「最後には俺を選ぶよな？」

「僕に決まってるだろう」

考えていることは全員一緒なのかと思ったら、不思議と口元に笑みが浮かんだ。

これなら、いつまでも三人で愉しめそうだ。

たとえ自分の気が狂うときが訪れたとしても、そのときはたぶん全員おかしくなっているはずで、誰かを疑い、誰かを信じるという選択肢すらなくなっているだろう。

そのとき初めて、全員が全員をこころから愛し合えるのかもしれない。

気が狂った者同士が交わす愛情がどんなものか、そのときになってみないことにはわからないというのもおもしろい気がする。

それでいい。そういう結末が、常識を突き抜けたところで幾度も重なり合うことを選んだ自分たち三人にふさわしい。

そう確信できた岡崎は、新たな余裕を胸の裡に見出し、眼前をふさぐふたりの男の頭から足の爪先まで眺め回した。

異なる容姿、異なる才能、異なる力を持つ男たち。彼らに請《こ》われることへの誇りが芽生えた瞬間だ。

三人の足下には早くも白い渦《うず》が立ち込めている。

——この余裕があるかぎり、彼らは俺から目を離せない。

「どっちを選ぶんだよ」

この期《ご》に及んで小声で詰め寄ってくる幸村のネクタイの歪みを直してやった次に、佐野のジャケットの襟《えり》を正してやった。

それから、岡崎はこころから微笑んだ。

その微笑みは、この世界にどれだけの絶望と希望がひそんでいるのかという真実を知ることができなかった経験の浅いモデル時代にはついぞ得られなかった、完璧なまでに美しく、整った理知的なもので、佐野と幸村がそろって息を呑むのがわかった。

影になったからこそ、得られるものがある。

光り輝く場所から一歩退き、本物の知識と経験を蓄えようと決意したときから、この微笑みは自分の中でひそやかに創られ始めたのだ。

まさしく、幸村と佐野という確かな存在に選ばれる、いまというときのために。

「ほら、皆さんが待っていますよ」

笑いながら、岡崎はふたりの背中を力強く押してやった。

白い霧とまぶしい光が待つほうへ。

あとがき

初めまして、またはこんにちは、秀香穂里《しゅうかおり》です。前回、出していただいた文庫のテーマが「メンタル調教（でも主に乳首責め）」で、今回はどうしようかと悩んで……いた期間は結構短かったです。メインのふたりに絡むもうひとりが当て馬でもなんでもなく真剣そのもので、「最初から最後まで3人＝3P」という話を書きたいというのが昔からの切なる願いでした。えろい場面で誰と誰がどういう位置にいてどんなことをしているのか、混乱しまくりでしたが、書き終えてみると、もっともっとえろいことを書けばよかったかなあと……。あと、作中、佐野が撮ろうとしていた映画の内容（？）もいつか小説で書いてみたいです。

ご縁があって、再度イラストを手がけてくださった奈良千春《ならちはる》先生。今回も美麗極まる挿絵の数々をほんとうにありがとうございました。前回もそうでしたが、奈良先生の描かれるキャラでどんぶりごはん三杯いけます。お忙しいなかご尽力くださり、重ね重ねありがとうございました。

担当のT井様。今回もいろいろとご迷惑をおかけしてしまいましたが、ぎりぎりまでおつき合いくださったことに、こころから感謝しています。

最後に、この本を手に取ってくださった方へ。「メンタル調教」→「3P」の先に求めるものがありましたら、ぜひ、編集部へご意見、ご感想をお聞かせくださいませ。最後までお読みくださり、ありがとうございました。また、お会いできる日までお元気でお過ごしください。

Lovers Label

3シェイク

ラヴァーズ文庫をお買い上げいただきありがとうございます。
この作品を読んでのご意見・ご感想をお聞かせください。
あて先は下記の通りです。

〒102−0072
東京都千代田区飯田橋2-7-3
(株)竹書房　第五編集部
秀 香穂里先生係
奈良千春先生係

2008年4月1日
初版第1刷発行

●著　者
秀 香穂里 ©KAORI SHU
●イラスト
奈良千春 ©CHIHARU NARA

●発行者　牧村康正
●発行所　株式会社　竹書房
〒102−0072
東京都千代田区飯田橋2-7-3
電話　03(3264)1576(代表)
　　　03(3234)6245(編集部)
振替　00170-2-179210
●ホームページ
http://www.takeshobo.co.jp

●印刷所　図書印刷株式会社
●本文デザイン　Creative·Sano·Japan

ISBN 978-4-8124-3415-4　C 0193

ラヴァーズ文庫
Lovers Label
黒《くろ》い愛《あい》情《じょう》
俺の中に閉じ込めて、
あなたのすべてを
変えてやる――…。
「性欲に振り回されるなんて有り得ない」
精神科医という職業に就いていながら、伏見智紀《ふしみとものり》は「性欲」が認められずにいた。
しかし、そんな後ろめたい感情を同僚の加藤《かとう》に見抜かれてしまう。
同じ医者の中でも特に優秀な加藤は、
その鋭さと巧みな話術で伏見を追い込んでゆく。
「あなたのような、性的な深みにはまるのを嫌う、気高い人を
それ以上の欲望で、ねじ伏せたいと思う人間もいるんですよ」
弱みを握られ従う一方で、加藤の見せる強い支配欲に、
抗えなくなってゆく伏見は――…。
好評発売中!!
著 秀香穂里《しゅうかおり》
画 奈良千春《ならちはる》